카르마 플레이

카르마

플레이

김종윤
장편소설

아프로스
미디어

목차

프롤로그
07p

1장
복수
13p

2장
제물
91p

3장
희생
209p

에필로그
253p

프롤로그

눈을 비비고 일어나면 또다시 그 장소에 도착해 있다. 안개가 자욱한 아침, 멀리서 희미하게 들려오는 벌레 소리. 고개를 숙이고 몸을 살피면 허름한 옷을 입고 있고 신발은 아예 신고 있지도 않다. 여기가 도대체 어딘가 둘러보지만 짐작이 되지 않는다.

차갑게 젖은 땅의 흙이 맨발에 느껴진다. 벌레 소리가 갑자기 멈추더니 사방이 고요해진다. 아무런 일도 벌어지고 있지 않지만 괜히 겁이 난 나는 빠르게 달리기 시작한다. 잔디와 잡초가 듬성듬성 피어난 땅을 달려 나가다 보면 주변에서 보이는 유일한 건물 앞에 발이 다다른다. 철로 만든 표식이 맨 위에 달린 뾰족한 지붕, 하얀 페인트칠이 군데군데 벗겨진 목조 건물. 낡은 문은 살짝만 건드려도 부서질 것 같은 소리가 난다. 조심스럽게 틈 사이로 얼굴을 들이민다.

"엄마?"

어둠 속에서 희미한 불빛이 보인다. 조금 더 몸을 들인다. 눈이 어둠에 익숙해지면서 점점 앞이 보이기 시작한다.

"엄마?"

활활 타오르는 불꽃 주변을 검은 형체들이 둘러싸고 있다. 모두 똑같은 옷차림을 하고 희미하게 안이 보이는 베일로 얼굴을 가리고 있다. 한 명씩 고개를 돌리고 나를 쳐다본다. 한 명이 손가락을 치켜들더니 날카롭고 갈라지는, 짐승 같은 소리를 내지른다. 화들짝 놀라 도망치기 시작하자 뒤에서 그들이 쫓아오는 소리가 들려온다. 발바닥이 따끔거린다. 고래고래 소리를 지른다.

"엄마, 엄마, 엄마, 엄마, 엄마."

날카로운 손톱이 목덜미에 닿더니 살점을 뜯어 버릴 기세로 붙잡아 당긴다. 내가 바닥으로 넘어지자 그들이 팔과 다리를 붙잡고 질질 끌고 간다. 비명을 지르지 못하도록 입을 틀어막는다. 한껏 저항을 하지만 역부족이다. 흙과 잔디가 온몸에 묻는다. 그래도 열심히 소리를 질러 본다. 마치 누군가 그 희미한 소리를 듣고 단숨에 달려와서 구해 주기라도 할 것처럼.

그들은 내 입에 재갈을 물리고 팔과 다리에 꼼꼼하게 매듭을 묶은 다음 불을 다시 준비한다. 눈앞에서 활활 타오르는 불꽃은 나를 금방이라도 집어삼킬 것만 같다. 난 이제 울고 있다. 온몸에 경련이 난다. 그들은 이해가 되지 않는 언어로 노래를 부른다. 그중 한 명이 합창 도중에 내 앞으로 다가온다. 그러곤 괴물 같은 손으로 조심스럽게 베일을 벗는다. 아주 익숙한 얼굴이 보인다.

"엄마."

난 이제야 안심한다. 엄마가 나의 입에서 재갈을 꺼내고 나의 팔과 다리를 자유롭게 풀어 준다. 난 엄마의 품에 안겨서 울기 시작한다. 엄마의 어깨 너머로 주위를 둘러보자 어느새 그들이 모두 죽어서 바닥에 누워 있는 것이 보인다. 그들이 입고 있던 하얀 옷은 그을렸고 피부는 썩은 나무처럼 새카맣다. 엄마가 나의 등을 쓰다듬더니 내 얼굴을 어깨에서 떨어뜨린다. 난 엄마의 얼굴과 마주한다.

엄마는 웃고 있다. 그리고 나를 그대로 불꽃 안으로 던져 버린다.

1장 복수

죽으러 가는 길도 별거 없다.
빛나는 핸드폰 화면을 빤히 바라보면서 그렇게 생각했다.

김영헌 감독
이 번호는 어떻게 알았지? 내가 널 봐야할 일은 없지만 할 얘기기 있으면 별장으로 한번 찾아오든지.

나
금요일 오후 5시까지 갈게요. 그때 봐요.

수백 번 봐서 이제는 외울 정도인 그의 싸가지없는 마지막 문자를 다시 열어 보자마자 열이 받아서 눈을 감았다. 왜 굳이 또다시 확인을 했는지 모르겠다.

 산 한복판에 덩그러니 자리해 의자도 없는 버스 정류장에서 벌써 몇십 분 동안을 자세 교정이라도 하는 것처럼 똑바로 일어선 상태로 버스를 기다려야 하는 이 상황 자체에도 쌍욕이 절로 나왔지만 가증스러운 문자 내용에는 턱에 저절로 힘이 들어갈 만큼 열이 뻗쳤다.

 지난 몇 달 동안을 오직 그 인간 생각에만 몰두하면서 살았다. 지금 이렇게 모든 것을 해결하러 가는 길에서까지 굳이 불쾌한 생각을 하고 싶지는 않았다. 나는 눈을 다시 뜨고 버스 그림이 그려진 표지가 달려 땅에 박힌 철봉 옆에 주저앉았다.

 도대체 김영헌은 왜 이런 곳에 굳이 거금을 들여 집을 짓고 살 생각을 한 걸까? 정말이지 오래전부터 가진 의문이었지만 이제는 대충 그 이유를 짐작할 수 있었다. 좆 같은 새끼들은 아무래도 좆 같은 곳에 살아야 마음이 편안한 것이다.

 핸드폰을 꺼내서 다시 한번 버스의 위치를 확인했다. 여전히 열세 정거장 뒤에 있었다. 분명히 한 시간 전부터 거기 있었는데 변한 것 하나 없는 버스의 위치가 상식적으로 납득이 되지 않았다.

난 머릿속으로 일어났을 수 있는 여러 가지의 상황을 떠올렸다.

어쩌면 버스가 여기까지 오는 길에 사고가 생겼을 수도 있겠지. 좁아터진 시골길을 올라오다가 다른 차와 부딪치는 접촉 사고가 생겼을 수도 있고, 어쩌면 갑자기 튀어나온 야생 동물 때문에 버스가 창문이 깨질 정도로 큰 충격을 받아서 빙글빙글 돌다가 가드레일을 뚫고 절벽 아래로 쭉 떨어졌을지도 모른다.

나는 그런 상상을 하면서 슬며시 웃음을 지었다. 내 직업이 스릴러와 공포물을 주로 쓰는 작가라 그런지 상상을 해도 그런 음울한 장면밖에 떠오르지 않았다. 태생부터가 걱정과 불안이 많은 편이기도 하고. 그런 극단적인 최악의 상황을 상상하고 말아야 기분이 조금이라도 나아지는 건 내 문제였다. 그건 부풀어 오른 염증을 기어코 쥐어짜서 피를 보고야 마는 것과 비슷했다. 긁으면 안 되는 곳을 결국 벅벅 긁어야 성미가 풀리는 것이다. 나중에 흉터가 남든 말든 상관없이.

내가 모셨던 직장 상사, 김영헌은 그런 음울한 상상력이 내가 작가로서 성장할 수 있는 가장 큰 힘이라고 했다. 내 작품이 축축 처지고 아이디어가 신선하지 않다는 김영헌의 서른네 번째 피드백에 답답해서 뭘 원하는 것인지 모르겠다고 항의하자 김영헌은 이렇게 말했다.

"인혜야, 너 정신병 있다며. 그런 망상이 머리에서 안 멈춘다고 했잖아. 그럼 정신병 핑계를 대면서 쉬려고 하지 말고 그걸 어떻게 좀 생산적으로 활용할 생각을 해 봐."

그따위 말을 내 눈앞에서 했다. 지금 생각해 보면 개소리인데, 난 그땐 그게 정말 훌륭한 조언이라고 생각했다. 묘하게 한심하게 보는 듯 내려다보는 특유의 눈빛은 애써 무시하고 너의 고통을 예술로 승화하렴, 뭐 이런 뜻으로 알아서 해석했다. 그 인간이 해 줄 피드백도 없고 단순히 나를 괴롭히고 싶으면서, 자신을 탓하게 만들지 않기 위해 내 모든 문제를 다 나의 탓으로 돌리는 내 인생 최악의 인간이라고는 생각하지도 못했으니까.

김영헌의 작은 행동 하나하나가 모두 기억난다. 한껏 올라가는 눈썹으로 인해 생기는 다섯 개의 이마 주름, 딱히 내려오지도 않았는데 슬쩍 중지로 치켜올리는 안경, 손은 한쪽 턱에 둔 상태로 다리를 덜덜 떠는 바람에 작게 진동하는 책상. 그러다가 갑자기 모니터 화면에서 눈을 떼고 눈알만 딱 굴려서 나를 쳐다보고는,

"진짜 별론데?"

라고 나불거리던 입까지.

분명히 해야 할 일을 끝내기 전까지는 김영헌에 대한 생각을 하지 않겠다고 다짐을 했는데, 결국엔 하고 말았다. 애초에 내가

여기서 이 개고생을 하고 있는 이유가 그 한심하고 욕심 많은 새끼 때문이기도 하고. 그래도 최대한 내 머릿속에서 가장 깊고 구석진 자리에 치워 두고 싶었다. 또 이렇게 한번 그 인간에 대해서 생각을 하기 시작하면 걷잡을 수 없었으니까.

머리가 안쪽에서부터 부글부글 끓는 것같이 열이 달아오르기 시작했다. 뇌가 녹아서 수프처럼 끈적하게 변해 내 귀와 코로 흘러나오는 상상을 멈출 수가 없었다. 난 철봉에 이마를 처박았다. '깡' 하는 소리가 울려 퍼졌다. 속으로 생각했다.

괜찮다, 인혜야. 다 괜찮아.

어차피 그 인간을 네 손으로 죽이고 나면 이 모든 것도 다 끝이 나니까.

*

김영헌을 만난 건 그가 정성스럽게 쓴 메일 때문이었다. 난 이 메일을 받기 전부터 이미 김영헌이 누구인지 잘 알고 있었다. 그가 연출한 영화를 거의 다 영화관에서 보았고 반복해서 시청할 정도로 좋아하는 작품도 하나 있었다.

호러나 그와 근접한 장르의 작품들을 주로 만들었기에 영화감독 중에서 한 손에 꼽힐 정도로 유명하거나 특별히 작품성을 인정받은 사람은 아니었지만 항상 그의 다음 작품을 기대하는 특정한 관객층이 있었다. 예를 들면 미디어가 범람하는 시대에 양산형으로 만들어지는 작품은 싫지만 그렇다고 완전히 반대쪽으로 가는 작품도 좋아하지 않는 사람들. 나중에는 꽤나 이름이 알려진 해외 영화제에 장르영화 상영 부문이나 특별 상영에 이름을 올리면서 나름의 작가주의적 명성을 얻기도 했다.

그렇기 때문에 적당히 그럴싸하게 색다른 느낌을 주는 장르 영화가 그의 특기였다. '언제나 어느 정도의 기대는 충족하는 믿을 만한 기술자' 그게 이야기를 만드는 예술가로서 김영헌의 별명이었다. 언뜻 들으면 칭찬 같지만 자세히 생각해 보면 한 번도 기대를 넘어선 적은 없었다는 말이기도 하다.

그래도 난 그와 비슷한 예술가가 되고 싶었다. 돈은 아쉽지 않게 벌지만 지나치게 많은 사람들에게 어필하지는 않는. 언제나 특정한 마니아층이 뒷받침을 해 주고 성심성의껏 소비를 해 도와주는 그런 작은 수준의 예술가가 더 '쿨'해 보여서 좋지 않나. 김영헌의 실체는 하나도 몰랐던 시절에 했던 순진한 생각이었다.

현실이 영화처럼 편집이 가능했다면 내가 그 인간을 피해 갔을지도 모른다. 김영헌의 이메일을 받은 그 순간 갑자기 서서히 나에게 화면이 줌 인 되면서 내 주변에 음악이 깔리는 거지. 쁨-쁨-쁨-쁨.

하지만 현실 세상에는 불길한 음악도 없고 장면 전환도 없다. 김영헌은 나를 인혜 씨라고 불렀고, 내게 보낸 이메일에 적힌 문장들은 틀린 맞춤법 하나 없이 반듯했으며, 꼭 연락을 기다리겠다는 간곡한 부탁까지 적혀 있었다. 이게 다 내가 쓴 시나리오 때문이었다.

한적한 중소 도시에 훼손된 시체의 파편을 이곳저곳에 대놓고 유기하는 기괴한 연쇄 살인범이 나타나고, 점점 그 살인 사건과 피해자 그리고 살인범에 집착하게 되는 평범한 가정주부의 이야기를 그린 내 시나리오는 국내 굴지의 엔터테인먼트 회사에서 주최한 〈탑 크리에이터스 초이스 최강 콘텐츠 공모전〉에서 대상을 수상했고, 난 상금 천만 원을 받았다. 그리고 대상 수상작은 심사에 참가한 업계 측 인사들 중 하나의 선택으로 영화로 만들어질 기회가 주어진다는 보장까지 덤으로 듣게 되자 그 순간부터 나는 아예 글로만 먹고사는 미래를 꿈꿨다.

그와 함께 내가 택할 수 있었던 다른 삶의 옵션은 흐려지기 시작했다. 피가 터지게 공부해서 얻어 낸 경영학과 석차 1등 장학금, 해외 유학 지원 프로그램, 인턴십 서류 통과도 모두 수상 앞에서는 별거 아닌 일이 되었다. 이보다 더 좋은 기회가 있나? 이건 내가 전업 작가가 되라는 하늘의 뜻이다. 그렇게 믿고 싶었고 실제로 믿었다.

하지만 내 인생 최초로 있었던 '선택'의 기회에서 내가 선택한 '작가'라는 직업으로 '이인혜'가 데뷔하게 되는 일은 없었다. 우수상이나 장려상을 수상한 작품들이 하나둘씩 영화, TV 시리즈, 혹은 웹툰으로 만들어지기 시작했을 때 뭔가 잘못됐다는 생각은 들었지만, 그렇다고 그동안 작품 하나를 가지고 죽도록 고민하고 수정을 거듭하며 쌓은 공든 탑을 버릴 수는 없었다. 아니, 버리고 싶지 않았다.

덩그러니 세상에 버려진 시나리오와 똑같은 신세였던 나는 김영헌의 이메일로 진창에서 끌어올려졌다. 적어도 그때는 그렇게 생각했다. 아무튼 그렇게 난 김영헌에게 접촉을 받았고, 그는 형식적인 인사치레를 한 다음 나의 시나리오를 마르고 닳도록 칭찬했으며, 독창적인 목소리를 가진 인재 어쩌고 저쩌고 떠들다가, 결론으로는 나를 직접 만나고 싶다고 말했다. 하고 싶은 제안이 있다고.

김영헌은 자기와 '잠시' 일해 보면 어떻겠냐고 했다. 계약서는 시나리오가 '편성'이나 '투자', 혹은 '개봉'이 확정되면 쓰고, 그 전까지는 여러 가지 아이템으로 자기와 함께 아이디어를 '디벨롭'해 보자고. 그게 정확하게 어떤 뜻인지는 몰랐지만, 일단 김영헌이 서울로 올라오라고, 자기가 주거는 어떻게든 해결해 주겠다고 했기 때문에 나는 서울로 갔다.

어떻게든 해결해 준다는 주거의 말뜻이, 그가 아는 사장이 운영하는 고시원 건물에 방 한 칸을 나한테 내주고 이후 엄청난 생색을 부리는 것이었다는 사실을 안 순간 바로 뒤돌아서 물러났다면 이 지경까지는 오지 않았을까?

하지만 난 이미 온갖 짐을 바리바리 챙긴 상태로 모든 사람들에게 통보를 한 다음 서울에 올라온 상태였고, 무엇보다 앞으로 내가 믿고 의지해야 하는 사람하고 얼굴을 붉히면서 싸우고 싶은 마음이 없었다.

그럼 지하철만 하루에 두 시간을 타며 출퇴근을 하다가 문득 내가 돈을 한 푼도 받지 못하고 봉사하듯이 일하고 있다는 사실을 깨달은 순간에라도 뭐라고 말을 할 걸 그랬나? 하지만 난 솔직히 가깝게 지내면서 알게 된 김영헌에게 주눅이 든 상태였고, 가끔 가다가 말을 나누는 그의 주변 사람들은 다 나에게 원래 처음 시작할 땐 그런 것이라고 설명했다. '원래', '통상적'으로 그렇다며.

그 이후에 김영헌이 내가 '각본 내용 수정'에 참가한, 말이 수정이지 거의 절반에 가까운 내용을 내가 새로 작성한 시나리오를 사람들에게 돌리면서 자신의 이름만 떡하니 올려놓은 것을 봤을 때, 화를 내든 지랄을 하든 해서 내 이름을 당장 집어넣게 하거나 아니면 그때 그만 관두고 다시 내려왔어야 했을까?

하지만 이미 그 시점에 난 4년이 넘는 시간을 그와 일했고, 돈도 최저 임금보다 적지만 받고 있었고, 어느 정도 버티고 있다 보면 어떤 콩고물이 떨어진다던 사람들의 말처럼 김영헌에게서 나의 실질적인 데뷔에 힘을 보태 주겠다는 약속을 얻기도 했다.

그래서 그가 내가 쓴 작품들로 스포트라이트를 받을 때 난 어차피 사람들에게 이름이 알려지고 싶지도 않고 유명세를 얻는 것은 더더욱 싫으니 잘된 것이라고, 영화나 드라마 같은 것들은 기본적으로 협업 작품이고, 감독이 너무나도 중요한 역할을 하니까 어찌 보면 당연한 거라고 스스로에게 말하면서 부당한 상황을 받아들였다.

지금 와서 되돌아보면 그나마 내가 빠져나올 수 있었던 마지막 기회는 만족스러운 흥행 결과를 낸 그의 작품에 참여했던 스태프들이 임금 체불과 부당한 노동 조건으로 제작사를 고발했을 때, 그가 보였던 조롱에 가까운 반응을 옆에서 목격한 그 순간이었던 게 아닐까.

하지만 그때도 난 눈치를 살피면서 남는 시간에만 쓰는 바람에 완성에 무려 5년이나 걸린 시나리오가 나를 지금의 거지 같은 하위 신분에서 벗어나게 해 줄 것이라는 생각에 그 사람들이 잡음을 적당히 만들고 좀 융통성 있게 합의를 봤으면 좋겠다는 생각만 했다.

그즈음 난 혹시 김영헌이 내가 시나리오를 가져갔을 때 감독으로 나서 주지 않을까 봐, 혹은 다른 제작사한테 내 시나리오를 욕하고 다닐까 봐 온갖 가증스러운 언행을 보이면서 그의 비위를 맞추려고 노력하고 있었다. 입 밖으로 나오는 모든 말들이 깃털처럼 가벼웠고 끝말은 하늘로 치솟았다.

감독님 이거 이대로 고쳐도 괜찮을까-요-오? 갓 취직한 신입 사원처럼 구는 나를 김영헌은 처음에는 좋아했고 종종 편애하는 모습을 보이기도 했지만, 간신들은 원래 교체되기 쉬운 법이고 이 바닥에서 아양 떠는 신입들의 공급이야 항상 넉넉했기 때문에 며칠 지나지 않아 그는 나의 굽실거림에 역겨움을 감추지 못했다. 자기가 무슨 간신한테 부채질 받는 왕이라도 된 기분이라면서. 뭐, 감독님 현장에서 지랄하시는 거 보면 왕 맞죠. 난 속으로 그렇게 생각했다.

연출부 중에 나랑 마주치는 순간마다 대놓고 기 싸움을 하는, 지가 진짜 김영헌 첩이라도 되는 줄 아는 어린 남자애가 하나 있었는데 갑자기 그 새끼 이름을 들먹이더니 개처럼 굴지 말라고 하면서, 나는 네가 하고 싶은 말은 다 하고 살아서 마음에 들었던 거니 그렇게 성공하려고 굽실거리면서 살지 말라고 조언을 했다.

난 민망한 척, 냉철한 상사에게 속마음이 다 까발려져 부끄러운 것처럼 머리를 살짝 긁으면서 웃었다. 하지만 속으로는 생각했다. 이 인간은 정말 나를 엄청나게 무시하는구나. **미친놈아, 내가 너 같은 만인이 입을 모아 공감하는 씹새끼한테 진짜 하고 싶은 말 다 하고 살았을 거 같냐?**

김영헌이 자기 밑에서 일하는 직원들에게 가지고 있는 이상한 환상과는 달리 난 그 인간을 항상 무시하고 있었다. 원래 사람이 같이 시간을 보내면 보낼수록 그 사람의 단점만 보이는 법이지만, 김영헌은 그 점을 고려해 보더라도 한심한 점이 한두 개가 아니었다.

하지만 그에게도 하나의 확실한 재능이 있긴 했다. 이 바닥에서 종종 벌어지는 살벌한 암투를 유유히 슬쩍 피해 가는 솜씨와 자신에게 대적하거나 조금이라도 기분을 거스르게 하는 부하 직원들을 공장에서 불량품을 처리하듯 제거하는 과정들을 옆에서 보고 있으면 그 동물적인 본능과 거의 인격에 문제가 있는 것이 아닌가 싶을 정도인, 타인의 감정에 대한 그의 철저한 무관심이 심히 경이롭게 느껴졌다.

어떻게 이런 인간이 하루에 수십 명, 수백 명과 같이 작업을 하는 영화감독이라는 직업을 가졌단 말인가. 그게 어떻게 가능한 것인지 이해가 되지 않는 척했지만, 사실 누구보다 나는 잘 알고 있었다. *어떻게 가능하긴, 다들 등신같이 모난 돌은 되기 싫어서 참고 사니까 그렇지. 인혜야, 너처럼 말이야, 너.*

그렇지만 내가 김영헌을 죽이기로 결심한 것은 단순히 김영헌이 씹새끼여서 그런 것이 아니었다. 나는 그 씹새끼가 내 것을 훔친 후 자신의 것이라고 선언해서 죽이기로 결심한 것이다.

더 이상 김영헌의 밑에서는 배울 것도, 성장할 것도, 얻을 것도 없다는 사실을 서른이라는 나이에 자판 치는 손가락 기계로 살면서 마침내 깨달았다. 물론 더 젊은 나이에 깨달았다면 좋았겠지만, 그래도 깨달았다. 그리고 플랜 B를 만들어야겠다는 생각이 들었다. 보험이 필요했다. 그때쯤에 아주 적절하게도 악몽이 찾아왔다.

가위에 눌린 건 지금껏 한두 번에 불과했고 누우면 그냥 푹 잤던 나에게 점점 이상한 일이 벌어지기 시작했다. 분명 아주 불쾌하고, 역겨운 뒷맛을 남기는 꿈을 꾸기 시작했는데, 가장 미쳐 버릴 것 같았던 건 그 내용이 정확하게 기억에 남지 않는다는 것이었다. 남자애가 나오고, 도망을 치고, 아마도 귀신 비슷한 것이 나온다는 것만 어렴풋이 공기 중의 냄새처럼 떠돌다가 곧 사라졌다. 머릿속의 이미지들은 섬광처럼 나타났다가 흔적도 남기지 않고 사라졌다. 그러다가 어느 날 갑자기 다시 날 찾아왔다. 잠을 제대로 자지도 못하는 와중에 그런 애매한 느낌까지 껴안으며 사는 것은 정말 고문이나 다름없었다.

그런데 그것이 오히려 기회가 되었다. 난 그 설명하기 힘든 내 몸 위에 올려진 저주 같은 것을 글로 적어 나가기 시작했다. 어떻게든 현실로 불러내야 내가 상대를 할 수 있을 것 같았다. 물론 전부 다 창작을 해내야 했다. 쫓기는 남자애. 무엇에? 악령, 귀신, 도깨비, 하얀 옷을 입은 으스스한 사람들. 어쩌면 사이비 종교? 아이에겐 엄마가 있었고 엄마는 곧 죽어야 했다. 원래 이야기 속에서 부모는 죽으라고 있는 것이다.

새벽에 끈적한 늪에서 빠져나온 기분으로 잠에서 깨면 바로 글을 쓰고 다시 잠이 오면 누웠다가 또다시 일어나서 글을 썼다. 메모와 낙서로 시작되었던 글은 점점 더 구체적으로 변하더니 결국에는 시나리오가 되었다. 나의 구명보트 겸 생명줄이 된……. 무려 4년의 시간을 갈아 넣어서 만들어 낸 시나리오였다. 제목은 〈카르마 플레이〉.

거창한 계획은 아니었다. 김영헌의 허드렛일과 타자 노예 일을 마치고 나면 조금이나마 남게 되는 시간들을 긁어모았다. 그리고 잠을 포기하고 밤을 새우면서 김영헌에 대한 증오심과 분노와 좌절을 함께 담아 완성한 이 각본을 1년에 한 번 열리는 대규모 공모전에 출품할 계획을 세웠다. 실로 오랜만에 그 누구도 크레디트를 걸 수 없는 온전한 나만의 이야기였다.

당연하게 집착 수준의 애착이 생길 수밖에 없었다. 마치 내가 만들어 낸 독립적인 생명체처럼 느껴졌다. 자신이 쓴 글을 자식으로 비유하는 사람들이 있는데, 나에겐 이 각본이 자식을 넘어서 나의 또 다른 분신이나 확장된 신체처럼 느껴졌다. 이 글이 잘려 나가면 내가 잘려 나가는 것 같고, 실수로 삭제가 된다면 나도 같이 사라져 버릴 것 같았다.

전체적인 시놉시스를 완성하고 마침내 서류들을 온라인으로 제출한 날 김영헌의 작업실에서 나오는데 밤하늘 위에서 비행기 한 대가 지나가면서 기다란 비행운을 남기는 것이 보였다. 난 그걸 보자마자 자리에 주저앉았다. 그 순간 생각했다. 〈카르마 플레이〉가 상을 타든 말든, 난 이제 김영헌의 하수인 노릇은 더 이상 할 수 없다고. 공모전의 수상작이 발표되었고, 내 이름은 명단에 없었다. 그리고 난 김영헌에게 일을 그만두겠다고 말했다.

김영헌의 반응은 나의 기대와는 완전히 달랐다. 그는 은은하게 웃으면서, 지금까지 수고했다고 말하고는 더 이상 말을 덧붙이지 않았다. 그때 무언가 잘못되었다는 것을 알아차렸어야 했다.

그 후로 1년 몇 개월이 지난 어느 날, 나는 우연히 포털 사이트에서 추천 포스트라며 기사 사진으로 떠오른 김영헌의 얼굴과 마주쳤다. 거의 집착 수준으로 그와 관련된 모든 소식을 무시하며 살고 있었던 난 그가 이번 인터뷰에서는 어떤 화려한 개소리를 지껄였을지 문득 궁금해졌고, 기사를 확인했다. 그리고 5분 뒤 충격에 빠진 상태로 노트북을 닫고 침묵 속에 앉아 있었다. 기사는 김영헌이 아주 특별하게 준비 중이고 곧 개봉 예정이라는 작품의 장르부터 간략한 줄거리, 주인공까지 공개하고 있었다. 하지만 난 이미 그 모든 내용을 다 알고 있었다. 모를 수가 없었다. 내 작품, 〈카르마 플레이〉였다.

악령을 퇴치하는 호러-오컬트 액션 장르. 플롯은 그냥 복사를 한 수준이었다. 엄마와 어린 아들이 함께 악령에 몸을 빼앗긴 사람들을 물리적인 도구를 이용하여 퇴치하다가 엄마는 연쇄 살인마로 오해를 받고(사실 어떻게 보면 살인마가 맞긴 하지만, 아무튼), 아들 또한 엄마가 그저 정신이 나가 버린 광신도 살인마라고 의심해 그녀를 경찰에 신고한다. 그리고 이후 자신은 악령이나 초자연적인 존재가 픽션에 존재할 뿐인 '현실'로 돌아가려고 하지만 결국 엄마의 말이 모두 진실이라는 사실을 깨닫고 악령을 이용하려 하는, 자신이 속해 있기도 했던 사이비 종교와 대결을 펼치게 된다…….

김영헌에게 바로 연락을 시도했지만 소용이 없었다. 난 스스로를 진정시켰다. 이건 오랜 기간 받은 스트레스로 인한 편집증적인 반응이라고. 〈카르마 플레이〉와 비슷한 내용의 창작물들은 이전에도 많았다고. 김영헌에게 104번째 부재중 전화와 38번째 문자 메시지를 남기면서 생각했다.

머지않아 김영헌은 연락처를 바꿨고 곧 내 각본에서 토씨 하나 바뀌지 않은 등장인물의 이름과 제목이 발표되었다. 그나마 긍정적인 것은, 적어도 내가 미친 게 아니라는 것은 증명이 되었다는 것이었다.

나는 도대체 어떻게 그가 내 시나리오를 손에 넣었는지 꼬박 3일을 고민하다가 내가 작업물을 모조리 보관하고 있었던 노트북을 김영헌과 내가 공유했던 작업실에 대부분 놔두고 다녔다는 사실을 기억해 냈다. 물론 난 비밀번호를 걸어 두었다. 그렇기 때문에 김영헌이 내 노트북에 손을 댈 수는 없었을 것이다. 아마도.

사실 확신이 없었다. 어쩌면 김영헌이 노트북을 몰래 가지고 가서 번호를 뚫었을 수도, 혹은 돈을 주고 전문 업체에 맡겼을 수도 있었다. 어쩌면 예전에 내가 멍청하게 자신이 찾는 파일이 어디에 있냐고 징징거리는 소리를 못 참고 그에게 비밀번호를 가르쳐 줬을지도.

하지만 그 이후에 다시 비밀번호를 바꿨잖아. 그렇지? 난 스스로에게 질문했다. 대답은 하지 못했다. 그 중요한 시나리오도 클라우드에 한 번을 백업할 생각을 못 한 멍청이니까 어쩌면 비밀번호를 다시 바꾸는 것을 잊어버렸을지 모른다. 아니면 김영헌이 알고 보니까 실력을 숨기고 있던 해커였을지도. 차라리 그렇게 생각하는 것이 내 정신 건강에 좋았다.

어차피 의미가 없었다. 내 노트북에는 김영헌이 쓰거나 내가 쓴, 혹은 우리 둘이 번갈아 가며 쓴 글들이 혼잡스럽게 자리하고 있었으니까. 복사, 붙여넣기를 할 줄만 안다면 얼마든지 자신의 글로 만드는 것이 가능했다. 내가 김영헌의 글을 훔치는 것은 불가능했지만 그 반대의 경우라면 충분히.

원고에다가 일일이 서명을 해 둔 것도 아니었고, 했다고 해도 이런저런 변명을 만들어 내면 그만이었다. 내가 기어코 진실을 밝히려고 한다면 내가 원고를 제출한 공모전 주최 측에 희망을 걸어야 했다.

하지만 진상을 알아내기에는 이미 몇 년이라는 시간이 지난 다음이었고, 주최 측에 연락을 한다고 해도 도대체 무슨 질문을 해야 할지 눈앞이 깜깜했다. 안녕하세요, 여러분이 몇 년 전에 연 공모전에서 제 작품이 낙선을 했는데요. 혹시 그걸 다른 사람이 훔쳤는지 확인을 할 방법이 있을까요? 전화 받는 업무를 맡은 신입을 괜히 괴롭히거나 하겠지. 막다른 길이었다.

하지만 난 그 순간 공모전에 어떻게 원고를 제출했는지 번뜩 기억해 냈다. 공모전을 주최한 기업의 영화 배급사에서 공모전 전용 홈페이지를 따로 만들어서 회원 가입을 한 다음 그곳에 시나리오를 올리는 방식이었다. 그렇다면 내가 다시 로그인을 하고 시나리오를 업로드한 기록만 찾는다면 모든 문제가 해결될 수 있었다.

그러나 문제는 해결이 되지 않았다. 내가 원고를 빼앗겼다는 사실을 알기 불과 석 달 전 공모전이 이름을 변경하면서 홈페이지 도메인이 아예 새롭게 바뀌었고, 그 전에 있던 자료들은 모두 날아가 버렸다. 회원 가입 정보가 없다는 창을 누르고 또 눌러도 그 사실은 변하지 않았다. 지푸라기라도 잡는 심정으로 이메일과 메시지, 하다 못해 일기장까지 뒤져 보면서 내가 카르마 플레이를 작성했다는 기록이 남아 있을 증거를 찾아봤지만 아무것도 찾을 수 없었다.

난 결국 주최 측에 전화를 걸어서 사정을 했다. 하지만 전화를 받은 사람은 신입이 아니었다. 담배를 아주 많이 피우는 것이 분명한 걸걸한 목소리로 그는 매우 단호하게 말했다. 2년이 지난 공모전에 관련된 신상 정보와 데이터는 저희가 모두 제거합니다. 확인해 볼 수 있는 방법은 없습니다. 아…… 벌써 2년이 지났나요? 네, 어제부로 2년하고 한 달 반 지났네요. 죄송합니다. 난 남자의 무심한 사과를 듣고 핸드폰을 벽에다 던져 버렸다.

결국 남은 것은 상상과 추측이었다. 내가 집에서 칩거하며 여러 음모론을 펼친 가운데 나의 주관적인 의견에 가장 실제로 일어난 일에 근접하다고 결론을 내린 케이스는(그가 단순히 내 노트북에서 훔쳤다는 경우는 슬쩍 밀어 두었다. 솔직히 말해서 나의 실수가 도움을 주었을지도 모른다는 것을 인정하고 싶지 않았다.) 이것이었다.

공모전을 주최한 배급사는 김영헌의 영화 대부분을 배급했던 곳이고, 김영헌은 거의 모든 배급사 임원들과 부어라 마셔라 하며 친한 사이였다. 물론 뒤에서는 욕을 안 하는 날이 없었지만. 아마도 높은 확률로 심사위원 중에서 임원이나 관계자가 있었을 것이다. 난 당연히 필명을 썼지만 같이 작성해야 했던 경력을 보고 눈치를 챘을 것이다. 혹시나 하는 마음에 한번 김영헌에게 넌지시 말을 했을 거고.

어쩌면 훔칠 생각은 전혀 없었을지도 모른다. 이게 나도 모르게 글을 몰래 쓰고 있었네. 그런데 읽다 보니 맘에 드는 거지. 거기서 나와 같이 일을 해 보겠다는 생각은 바로 건너뛰고 어떻게 훔쳐야겠다는 생각이 튀어나왔는지 이해가 되지 않았다. 하지만 내가 김영헌의 입장이 되어서 김영헌의 시점에서 생각을 해 보면 이해가 됐다. 그냥 그 정도의 인간인 것이다. 치졸하고 잔인하고 뻔뻔스러운.

영화가 크랭크 인이 되었다는 것은 아버지가 돌아가신 다음, 장례식장에 혼자 앉아서 멍하니 인터넷 기사를 훑어보다가 알게 됐다. 그 순간에 대해서 기억이 나는 건 파편들뿐이다.

'〈카르마 플레이〉, 내년 여름 개봉…… 〈카르마 플레이〉는 김영헌 감독의 오랜 숙원작으로, 그가 몇 년 전부터 집필한 오리지널 각본에 기초를 한다.'

사방이 광고로 가득 찬 연예 뉴스 웹사이트에 올라온 기사. 대충 인터넷 검색을 해서 찾아내 올린 듯한 배우들의 사진. 굵은 폰트로 적힌 제목.

향 냄새와 어디선가 들려오는 울음소리가 내 몸을 파고들어 왔다. 상복 아래에 입은 청바지가 엄청나게 뻣뻣해서 피가 잘 통하지 않았다. 자꾸 튀어나오는 성인 용품 광고들, 발기부전 치료제, 외로우면 전화하세요, 손가락으로 엑스를 마구 눌러 보면 이상한 창이 뜨고, 또 누가 울기 시작하고…….

정신을 차리고 보니 핸드폰 액정하고 손톱에 피와 살점이 묻어 있었다. 검은 양복을 입은 남자들이 흡연실을 찾아 떼를 지어 지나갔다. 그중 몇몇이 나를 흘끔거리면서 쳐다봤다. 나는 철저하게 혼자였다. 혼자였고, 더 이상 잃을 것이 없었다.

다른 사람들은 내가 이런 선택을 내리게 된 것이 어쩌면 너무 급작스럽고 극단적이라고 생각할지도 모르겠다. 나도 설마 내가 사람을 죽이고 말겠다는 결정을 내릴 정도로 대담한 사람이라고는 단 한순간도 생각을 한 적이 없으니까. 아마 나와 비슷한 일을, 혹은 더 심한 일을 겪은 다음에도 어떤 사람들은 참거나 아니면 공론화 뭐 비슷한 것을 하면서 폭로를 하면 안 되겠냐고 생각하겠지.

그런 사람들에게 질문이 있다. 그런 사건이 터지고 1년 뒤에도 당신은 여전히 똑같은 관심과 분노를 가지고 있는가? 그렇게 폭로를 하고 정당한 내 몫을 다시 받아 오겠다고 지난하고 긴 법정 싸움에 일일이 반응하고 의견을 달 의지가 있는가?

미안하지만 적어도 난 없다. 돈도 없고 시간도 없고 마음의 여유도 없고, 무엇보다 씨발 의지가 없다. 한순간에 폭발시켜 버릴 수는 있지만 지친 몸을 끌고 가면서 이어 나갈 힘은 전혀, 한 톨도 없다. 그렇다면 남은 선택은 입을 닫고 다른 길을 찾는 것인데, 되지도 않게 수양을 쌓느니 차라리 죽이고 말겠다는 것이 나의 결론이었다.

나의 온전한 정신상태를(그렇게 부르는 것이 가능하기나 했다면) 그나마 지탱하고 있던 것은 아버지였다. 꽤나 높았던 재발 가능성을 애써 무시하고 있던 암이 정말이지 최고의 타이밍에 다시 돌아와 여러 번의 수술을 거치게 된 아버지를 따라 병원에서 살며 병 수발을 들면서 생각을 비우고 그나마 분노를 잠시 잠재웠다. 잠재웠다기보다는 대충 치워 놓고 애써 무시한 것에 가까웠지만.

아버지는 아무리 병마로 기력이 쇠해져도 곱게 얌전히 죽지 않았다. 그렇게 죽는 사람은 없다. 8인실 병동에서 지내면서 충분히 보아 알게 된 사실이다. 난 진심으로 아버지가 하루빨리 죽기를 바랐다. 우리 둘 다를 위해서.

중환자실의 얼룩진 침대 위에서 아버지가 온몸으로 벌이던 마지막 발악과 죽음 직전에 오는 짧은 찰나의 두려움과 안도감을 목격한 순간 내 안에서 나의 이 모든 것들을 간신히 지탱하고 있던 무언가가 툭 하고 끊어졌다. 제방이 무너지면서 쏟아져 나오는 물이 멈추지를 않고, 아래에 있는 모든 것을 집어삼키는 것처럼.

의사가 아버지의 눈을 감기더니 말 한마디 없이 날 지나쳐 갔고, 간호사가 그 뒤를 따랐다. 우리 모두 지친 상태였다. 새벽 3시. 난 가만히 가만히 바닥에 주저앉아서 생각을 하기 시작했다. 내가 시체 옆에서 생각한 것은 이것이다. 인간에게 확실한 것은 죽음뿐이다. 그것만큼은 내가 안다.

그래서 여기로 오게 된 것이다. 아버지도 돌아가셨고 하니, 내가 살인자가 된다고 피해를 볼 사람도 없었다. 적어도 나와 연관된 사람들 중에서는. 솔직히 있다고 해도 신경이 쓰이지 않았다. 김영헌과 겹치는 지인들이야 뭐, 난 좆도 신경 쓰이지 않았고.

놀랍게도 죽일 결심을 하자 내가 그를 죽이는 게 매우 자연스러운 절차로 느껴졌다. 그를 죽이고 나서 내가 할 일은 명확했다. 죽는 것. 무조건 죽어야 했다. 그래야 이 이야기가, 김영헌과 나의 이야기가 나의 통제 아래에 들어올 테니까.

내가 김영헌의 집에서 그를 고통스럽게 죽이고 나도 목숨을 끊으면, 며칠이 지난 다음에 우리의 시체가 발견될 것이고, 내가 준비한 유서도 세상에 공개될 것이다. 혹시나 경찰이 철저하게 모든 증거를 대중에 감출 상황을 대비해서 지난 7년 동안 아무도 방문하지 않은 내 인터넷 블로그에도 미리 글이 정해진 시간에 올라가도록 예약해 두었다.

'김영헌 감독을 죽인 살인자이자 표절 피해자, 이인혜입니다.'

이 글을 사람들이 읽는다면 김영헌이 나에게 무슨 짓을 했고, 왜 내가 그를 죽이기로 결심했는지 모두 알게 되겠지. 이후에 벌어질 의미 없는 논쟁들은 나와는 상관없는 일이다. 나를 의심하는 사람들이 분명히 있을 것이다. 김영헌이 무슨 세기의 천재라도 되는 것처럼 떠드는 인간들이 있긴 하니까.(그 사람들 말도 일리는 있다. 세기의 도둑질도 천재적인 능력이긴 하니까.)

합리적인 의심들도 당연히 뒤따라올 것이다. 그렇게 착취를 당하고 정당하지 못한 노동 조건이었다면 왜 진작에 그만두지 않았지? 왜 그런 고민을 누구에게도 말을 하지 않았어? 멍청하게 그냥 당하고 살았다고? 요즘 같은 시대에? 도대체 지금까지 가만히 있다가 갑자기 왜 이제 와서 이러는 거지? 혹시 김영헌하고 그렇고 그런 관계였나? 그 무엇보다…… *네가 〈카르마 플레이〉를 혼자서 썼다는 아주 확실하고 우리가 납득할 만한 증거가 있어?*

나는 이 모든 일에 똑바로 대답할 방안도, 증거도 부족했다. 당당하게 노동 착취와 약탈을 고발하는 살아 숨 쉬는 작가 지망생 임인혜는 승산이 없었다. 나를 향한 지지는 한없이 부풀었다가 다른 뉴스거리가 생기는 즉시 금방 사그라질 것이고, 결국에는 나에게 앙심을 품은 사람들만 남아 난 기약 없는 길고 긴 싸움을 혼자서 더욱 가난해진 상태로 이어 가야 할 게 불 보듯 뻔했다.

하지만 7년 동안 밑에서 일한 영화감독을 죽이고 자신도 스스로 목숨을 끊은 다음 사후에 자신이 겪은 착취를 고발한 보조 작가 임인혜는 나름 가능성이 있었다. 얼마나 힘들었으면 죽이고 자살까지 했을까. 얼마나 억울했으면. 그 말이 떠돌면 입을 나불거릴 만한 사람들은 적어도 몇 달은 몸을 사릴 것이고, 나중에도 방송을 타고 사람들의 기억에 계속 남을 가능성이 있으니까. 그것이 내가 유일하게 용납이 가능한 시나리오였다. 운이 좋으면 내 이름을 단 법이라도 하나 만들지도 모르지.

내가 피해자의 신분으로 그나마 가장 효과적으로 써먹을 수 있는 무기는 내 목숨이었다. 더 자세하게 말하자면 김영헌을 죽이기까지 한 내 목숨.

*

어두운 핸드폰 화면 너머의 나와 눈이 마주쳤다. 고된 하루를 보낸 듯 지친 얼굴의 여자. 나는 그 얼굴을 외면하고 핸드폰 화면을 켜 인터넷 창을 새로 고쳤다. 어느덧 버스가 내 눈앞에 도착하기까지 두 정거장을 남기고 있었다. 난 줄 위에 올려진 버스 아이콘을 뚫어져라 쳐다봤다. 그렇게 보고 있지 않으면 갑자기 사라질 것만 같은 기분 때문에.

오후 7시 38분. 이제 해가 완전히 지고 있었다. 땅에서 내 다리를 타고 올라오는 개미들을 손으로 치우면서 앉아 있던 자리에서 일어나는데 가방에서 물건들이 서로 부딪치면서 요란한 소리가 났다.

뒤에서 바람이 불어와 몸을 간지럽혔다. 순간 나도 모르게 긴장이 되면서 어깨가 움츠려졌다. 고개만 슬며시 돌려서 내 뒤에 펼쳐진 숲속을 바라봤다. 나와 가까운 위치에 있는 수풀의 나뭇잎이 살짝 움직이고 있는데 바람 때문인지 벌레인지, 아니면 그 안에 숨어 있는 이상한 사람이 이제 튀어나올 준비를 하고 있는 건지 머릿속으로 계속 룰렛이 돌아갔다. 하지만 이곳엔 사람을 죽이러 가는 나 자신을 제외하고는 아무도 없다.

다시 버스의 위치를 확인했다. 이제 바로 직전의 정거장을 막 출발한 상태였다. 핸드폰 배터리 18%. 난 화면을 끄고 다시 핸드폰을 주머니에 넣었다. 김영헌의 집에서 충전을 하면 되니까 크게 걱정은 되지 않았다. 어쩌면 죽일 때 핸드폰이 방전되어 있는 게 더 도움이 될 수도 있겠지.

시골이라 그런지 급격히 주변이 어두워지고 있었고 근처에 가로등 하나 보이지 않았다. 나는 버스가 오지 않을지도 모른다는 불안감을 달래며 손전등이 필요할지 모르니 좀 늦었지만 핸드폰을 주머니에 넣고 꺼내지 않기로 결심했다.

숲이라고 해도 수풀이나 벌레 소리는 전혀 들리지 않았다. 귓가에 들려오는 것은 전등이 수명이 다할 때 내는 소리 같은, 진동에 가까운 떨림뿐이었다. 어디서 들려오고 있는 것인지는 알 수 없었다. 난 아예 등을 돌리고 서서 그 어둠을 똑바로 쳐다봤다. 짙은 녹색이던 이파리들이 이젠 검은색을 띠고 있었다.

난 가방을 더욱 단단하게 어깨에 메고 다른 팔로는 슬그머니 가방에 손을 집어넣었다. 그리고 조심스럽게 내가 챙겨 온 칼을 찾았다. 바스락거리는 소리와 함께 날카로운 끝이 느껴졌다. 칼 손잡이를 꽉 붙잡았다. 손에 닿는 플라스틱이 이상하게 서늘했다. 가장 구하기 쉬운 흉기를 골랐다. 다용도 식도, 3천 원. 손잡이는 플라스틱, 곧 김영헌의 몸을 가르고 들어갈 부분은 스테인리스였다.

내가 미쳤나? 미쳤을지도 모르지만, 이제 상관하지 않기로 했다. 김영헌을 죽이는 것은 내가 지난 몇 주 동안 매분 매초를 고민한 사안이었다. 사실은 몇 주 전이 아니고 아주 오래전부터. 나는 내가 스스로 알아차리기 전부터 그를 죽이고 싶다고 생각했을지도 모른다.

김영헌을 죽이기 위해 오늘 아침 평소에 자주 가던 마트에서 칼 한 자루를 구입했다. 그리고 집으로 돌아오자마자 칼을 가방에서 꺼냈다. 플라스틱 포장지가 굉장히 단단했기 때문에 간신히 포장지를 벗긴 다음 편의점에서 얻은 신문지로 칼날을 조심스럽게 감쌌다. 적절하게도, 칼을 감싼 신문지에는 누군가의 부고가 적혀 있었다. 김영헌의 죽음도 이 신문에 실릴까? 아마 내 이름은 실리지 않겠지. 신문지로 감싼 칼을 가방에 넣으며 그런 실없는 생각을 했었다.

드디어 저 멀리서 버스의 두 개의 동그란 불빛이 서서히 가까워지는 것이 보였다. 나는 급하게 칼을 다시 가방에 집어넣었다. 이제 곧이었다. 얼굴과 목에서 서서히 열이 오르는 것이 느껴졌다. 혹시 내가 점점 흥분하고 있는 건가? 어쩌면 기쁜 것인지도 모르겠다. 이제야 내가 스스로, 나의 의지로 끝을 맺으려고 하는 거니까.

아니, 사실 그딴 건 기쁘지 않았다. 나는 김영헌이 곧 자신에게 벌어질 일에 대해서 아무것도 모르고 있다는 것이 가장 기뻤다. 집에서 팔자 좋게 늘어져서 다음에는 어떤 작품을 베낄지 한가하게 고민하고 계시겠지. 오늘이 코로 숨 쉬는 마지막 날인지도 모르고.

내 앞에 버스가 멈춰 섰다. 나는 바지에 묻은 모래를 털고는 버스에 올라탔다. 내가 칼을 꽂으면 그가 어떤 표정을 지을지 계속 상상해 봤지만 도저히 선명한 이미지로 떠오르지 않았다. 그의 얼굴이 마치 모자이크처럼 잘게 부서지기만 했다. 상상력이 빈약한 편은 아니라고 생각했는데. 공포에 질리려나, 아님 얼굴이 붉어지면서 화를 내려나?

어쨌거나 곧 있으면 알게 된다. 도저히 참을 수가 없다. 지금, 만나러 갑니다. 갑자기 그 영화 제목이 떠올라서 나도 모르게 웃고 말았다. 버스 기사의 거무튀튀한 얼굴이 나를 신기하다는 듯 쳐다보는데 그것도 얼마나 웃기던지. 자리에 앉아서도 웃음이 끊이지가 않아서 배를 부여잡아야 했다.

어떻게 이 길을 잊어버리고 있었지? 정류장에서 내려 눈앞에 펼쳐진 아스팔트 도로를 걸어 올라가는데 김영헌은 이 똑같은 길을 비싼 외제 차를 타고 여유롭게 올라갔을 걸 상상하니 부아가 치밀었다.

마침내 도착한 김영헌의 집 입구로 향하는 길에 깔린 비쌀 것이 분명한 곱고 하얀 모래를 밟자마자 욕이 절로 튀어나왔다. 최대한 많은 모래가 흩날리도록 발을 질질 끌면서 걸어가는데 바지가 땀으로 축축해서 기분이 더러웠다.

저택에 다다를 즈음에는 온몸에서 땀이 흐르고 있었다. 바람이 불자 시원하기는커녕 추워서 피부가 떨렸다. 원래는 목을 겨냥해서 한 번에 빠르게 죽일 생각이었는데, 아무래도 계획을 좀 변경해야 할 듯했다.

나보다 키도 작고 몸에 근육도 하나 없이 마른, 어느덧 중년의 나이를 앞두고 있는 비실이라 죽이는 것에 크게 힘을 들이진 않아도 될 거라 생각했는데, 가파른 길을 한참을 걸었더니 힘에 부쳐서 칼 한번 휘두르기도 전에 내가 먼저 죽을 것 같았다. 가만히 생각해 보니 아무래도 의욕만 앞섰던 것 같다. 우선 평범한 대화로 시작해 볼까. 아마도 그 인간은 그 딱딱한 단답형 문자를 보고도 내가 머리를 조아리며 고소만 하지 말아 달라고 사과하러 올 줄 알고 있을 것이 분명했다. 저승 가기 전에 장단 좀 맞춰 주지, 뭐.

든 것도 없는 가방이 왜 이렇게 무거운지 짜증이 났다. 칼을 좀 작고 앙증맞은 걸 살 걸 괜히 길고 날카롭고 무거운 걸 사는 바람에. 땀방울이 뚝뚝 떨어지고 있는 내 발밑의 땅은 하얗고 고왔다. 모래시계 안에 들어 있는 모래를 예쁘게 흩뿌려 놓은 듯한 길을 걷고 있으니 내가 동화의 주인공이라도 된 듯한 기분이 들었다.

지금 내 상황도 어이가 없고, 기왕 마지막 가는 길인데, 라는 생각이 들어 씩씩한 소녀처럼 무릎을 높게 올리고 경중경중 뛰자 가방에서 칼이 다른 물건들과 부딪치면서 짤랑거리는 소리가 났다. 그 소리를 듣자 문득 내 가방이 칼 때문에 찢어질지도 모른다는 생각에 난 다시 얌전히 걸었다.

현관문에 다다라서는 거슬리는 신발 안의 모래는 무시하고 핏줄이 설 정도로 세게 주먹을 쥐었다. 팔을 서서히 들고 적갈색 나무로 만들어진 문에 손가락뼈가 제대로 닿도록 조준한 다음

문을 두드렸다.

'쾅. 쾅. 쾅.'

손가락 관절 근처의 혈관이 터지기라도 한 것처럼 알싸한 통증이 느껴졌다. 손을 거두는데 팔이 덜덜 떨렸다. 철이 부딪치는 듯한 소리가 들리고 이후에 딱딱한 바닥에 무언가 부딪히는 듯한 발걸음 소리가 문 너머로 들렸다. 아무리 바닥에 대리석을 깔았다고 해도 맨발이면 절대로 저런 소리가 들릴 수가 없었다. 하여간에 겉멋만 든 새끼.

김영헌은 신발을 사면 항상 집 안에서 신는 용과 밖에서 신는 용으로 구분해 두 개씩 구입했다. 지는 별 돈지랄을 다 해 대면서 지 밑에서 일하는 사람들은 최저 임금으로 부려 먹지. 내가 처음 일했던 해에는 숙식 제공으로 때웠고.

입 속으로 욕을 하며 기다리고 있었는데 당연히 문을 열어 주려고 다가온다고 생각했던 발걸음 소리가 갑자기 끊겼다. 문손잡이를 건드리는 소리도 들리지 않았다. 왜 문을 안 열어 주지? 내가 죽이러 온 걸 눈치챘나? 하지만 내가 아는 김영헌은 내가 자기를 죽일 깜냥도 없는 사람으로 알고 있을 텐데. 어떤 상황인지 파악이 되지 않아 난 조용히 숨소리도 내지 않고 기다렸다. 속으로 가만히 숫자를 셌다. 100까지 센 다음에도 여전히 아무런 소리도 움직임도 없었다.

 말이 되지 않았다. 김영헌이 노크 소리를 듣고 문 앞까지 걸어온 것은 분명했다. 그런데 갑자기 멈춰서 아무것도 하지 않고 우두커니 서 있다니, 김영헌답지 않았다. 안에서 무슨 일이 벌어지고 있는지 몰라도 조금이라도 예상을 벗어나는 상황이 펼쳐지자 긴장이 되기 시작했다. 이렇게까지 당황할 일은 분명 아니다. 빨리 다시 문을 두드리고 김영헌의 이름을 불러야지. 그런데 입술이 도저히 떨어지지 않았다.

 어깨에 멘 가방의 무게가 점점 무거워지고 내가 발을 딛고 서 있는 땅이 스멀스멀 움직이고 있었다. 그가 두꺼운 문을 뚫고 나를 쳐다보고 있다는 생각이 들었다. 그 길고 가늘게 째진 뱀 같은 눈이. 난 천천히 눈동자를 굴려 문의 위쪽을 살폈다. 구리색의 동그란 고리와 그 안에 있는 검은 유리가 보였다. 외시경이 있었구나. 정말 지금 안에서 날 보고 있구나.

 도대체 뭐 어쩌자는 거지? 설마 내가 정말로 자기를 찾아올지 안 올지 시험해 보려고 했던 건가? 애초에 문을 열어 줄 생각이 전혀 없었나? 마지막으로 그와 했던 통화를 다시 곱씹었다. 내가 어떤 식으로 말을 했는지 기억해 보려고 애썼다. 혹시나 그의 신경을 거스르는 말을 했는지. 그렇지만 딱히 떠오르는 것이 없었다.

자신이 할 말을 통보하자마자 상대의 의사와는 관계없이 전화를 끊는 모습은 평소의 그와 하나도 다르지 않았다. 내가 어떤 생각과 마음으로 그에게 찾아가겠다고 한 건지, 그가 알 리가 없었다.

왜 이렇게 늑장을 부리는 거지? 오늘은 날이 아니라고 또 되지도 않는 핑계를 대면서 변덕을 부리려는 건가? 사실 정말로 올 것이라고 생각을 못 했나? 화가 나면서 열이 오르는 동시에, 초조함에 다리를 떨었다.

난 힘겹게 다시 팔을 올렸다. 그리고 다시 한번, 처음보다는 다소 약하게 문을 두드렸다. 심장 박동과 문을 두드리는 소리가 함께 귓가에 울렸다. 준비, 준비를 했어야 하는데. 그런데 문을 아예 열어 주지 않으면 어떡하지? 만약에 그가 문을 단단히 잠그고 경찰을 부르기라도 한다면? 서서히 상황 파악이 되기 시작했다. 칼이 든 가방을 들고 자신과 사이가 좋지 않은 상사의 집 앞에 서 있는, 상태가 영 좋아 보이지 않는 여자.

여기까지 경찰이 오려면 시간이 많이 걸릴 테니까 그사이에 그냥 도망가면 되지 않을까. 산중이니 몸을 숨길 곳도 많고. 지난 몇 주 동안 고민에 고민을 거듭해서 마침내 결정을 내려 이곳까지 찾아와서는 결국 목표를 코앞에 두고서 이런 나약한 생각에 다다르고 말았다는 것이 황당했다. 나 자신을 마구 걷어차고 싶었다.

죽이겠다고 찾아와서는 벌써부터 꼬리 말고 도망칠 생각을 하고 앉았냐. 무를 뽑았으면 개 모가지라도 잘라야, 아니 그 말이 원래 뭐였더라. 이마에 땀이 너무 많이 흘러내리고 있었다.

내가 가방에 혹시 휴지를 챙겨넣었나. 가방에 손을 집어넣고 이리저리 안을 헤집는데 날카로운 칼끝이 스쳤다. 방금 전 날뛰면서 걸을 때 칼날을 감싸고 있던 신문지가 그만 찢어진 모양이었다. 손을 꺼내자 중지와 약지 맨 끝에 피가 새어 나오고 있었다. 갑자기 기운이 빠졌다. 난 두 손가락을 입안에 집어넣고 핥았다.

그 순간 문이 열렸고, 철이 서로 맞물리며 긁히는 소리가 들렸다. 난 손가락을 입에서 빼고 등 뒤로 감춘 다음 황급하게 뒤로 물러났다. 긴장되어 문에 점점 가깝게 다가가 바짝 밀착된 상태로 있었기 때문에 하마터면 이마를 그대로 부딪칠 뻔했다. 김영헌인가, 싶어 순한 눈인 척 표정을 가다듬고 고개를 들어 확인했는데 웬걸, 나온 것은 김영헌이 아니었다.

"누구시죠?"

문에 반쯤 가려진 새하얀 얼굴이 나를 쳐다보고 있었다. 난 별다른 대답을 하지 못하고 그 반쪽짜리 얼굴을 빤히 쳐다봤다. 날 바라보는 눈동자가 아주 새까맸다. 거기에 비치는 내 당황스러움이 역력한 얼굴이 똑바로 보일 정도로.

내가 만나 본 적이 없는 남자. 아마도 10대 후반에서 20대 초반으로 보이는, 남자라기보다는 남자애라는 단어가 더 어울리는 인상이었다. 색의 대비가 너무 심해서 마치 가면 같은 느낌을 주는 얼굴이었다. 새하얀 도화지에 검은 크레용으로 슥 줄을 그은 것처럼 짙은 눈썹 아래에 있는 동그랗고 가로로 쭉 늘어난 새까만 눈 밑에는 점이 여러 개 달려 있었다.

얼굴만 빼꼼 내밀고 있던 그는 문을 조금 더 크게 열고 바깥으로 몸을 빼더니 어깨를 움츠리면서 팔짱을 꼈다. 이 날씨에 덥지도 않은지, 검은색 터틀넥 니트에 청바지를 입은 차림이었는데, 얼굴만 보고 추측했던 것보다 몸이 더욱 거대했다. 나보다 족히 20cm는 더 키가 컸고 시선이 그의 얼굴에서 자연스럽게 가슴 부근으로 내려갈 수밖에 없을 만큼 전체적으로 두꺼운 몸이었다. 니트가 얇아서 그런지 가슴 부분이 유독 튀어나온 것이 보였는데 상의가 몸에 착 달라붙어 있어서 그 안에 가려진 몸을 상상하는 것이 어렵지 않았다. 거의 벗은 몸에 페인트칠을 한 수준이었다. 보면 안 되는 것을 보는 것처럼 조금 민망했다.

"누구시죠?"

남자가 다시 입을 열었다. 난 재빨리 눈동자를 올려서 그의 얼굴을 바라봤다. 표정에서는 아무런 티가 나지 않았지만, 목소리에 조금 짜증이 섞인 것 같기는 했다. 왼쪽 눈썹이 미묘하게 올라간 것 같기도 하고.

내가 남자의 기분을 감별하느라 별다른 말이 없자 그가 미간을 찌푸리면서 어금니를 꽉 깨물었다. 그래, 저건 확실하게 짜증이 났음을 표시하는 행동이었다. 아니, 말을 걸어도 반응이 없이 빤히 쳐다보고 있으니 짜증이 날 수도 있겠지만, 지금 저 말은 오히려 내가 해야 하는 거 아닌가? 너야말로 뭔데? 문이 열리기 전까지만 해도 발등까지 떨어졌던 심장이 어느새 제자리를 찾아갔다.

남자는 더 이상 말을 하지 않겠다는 듯 입을 꾹 닫았다. 입이 있어야 할 부분에 누군가 칼을 그어서 길게 흉터가 남은 것처럼 보일 정도로 얇은 입술이었다. 빈정이 상한 난 남자의 신경을 최대한 거스르기 위해 대답을 유보하며 그의 얼굴을 천천히 관찰했다.

살짝 찌푸려진 미간, 송충이 두 마리가 입술을 맞추려는 듯 서로를 향해 움직이는 눈썹, 구멍을 뚫어 놓은 것처럼 새까만 눈동자. 이상하게 들릴지 모르지만 눈의 흰자가 정말 하얗다는 느낌이 드는, 핏줄 하나 제대로 보이지 않는 눈이었다.

"김영헌 감독님 만나러 왔는데요, 그쪽이야말로 누구세요?"

최대한 예의 바르게 행동하면서 남자의 경계심을 누그러뜨려야겠지만 예상하지 못한 일이 벌어지면서 계획에 차질이 생기니 목소리가 곱게 나오지를 않았다. 남자는 내 말을 듣고 손을 올려 이마를 주무르더니 다시 팔짱을 끼며 눈을 감고 인상을 쓰듯 찌푸린 다음 갑자기 고개를 위로 치켜들었다. 기시감이 들었다. 어디서 많이 본 듯 익숙한 행동이었는데, 고등학교 시절에 나와 대입 관련 상담을 하던 담임이 종종 비슷한 짓을 했던 기억이 났다.

마치 더 이상 상대를 하고 싶지가 않다는 듯이 하늘을 향해 얼굴을 들고 현실을 벗어나려고, 앞에 있는 무언가를 개무시하는 태도. 내가 나중에 담임이 커피를 담아 가지고 다니던 텀블러에 몰래 침을 뱉은 기억도 났다. 학창 시절과 관련된 나쁜 기억만 있는 줄 알았는데, 아니었구나.

남자가 고개를 내리더니 숨을 크게 내쉬고 눈을 손가락으로 꾹 눌렀다. 그러다 금방 다시 차분한 얼굴이 되어서는 날 빤히 쳐다보더니 내 질문을 가볍게 무시하고 물었다.

"그분하고 어떻게 아는 사이시죠?"

그래, 뭐 누가 이기나 한번 해 볼까? 순간 내 입이 자연스럽게 열리면서 얇고 높은 웃음소리가 튀어나왔다. 상황이 확실히 웃기긴 했다. 김영헌 죽이러 왔더니 들어가기도 전에 뭔 새파랗게 어린놈에게 호구 조사를 받고 있네. 난 남자가 했던 행동을 그대로 따라 하며 팔짱을 끼고 눈가를 지그시 눌렀다.

"먼저 누군지 밝히고 그런 질문을 해야 하는 거 아닌가요?"

"제가 처음 뵙는 분이라."

낯선 사람한테 내 개인 정보 알려 주기 싫으시군요, 네. 근데 왜 나는 너한테 그래야 하냐? 난 대답을 하는 대신 문손잡이를 잡아당겼다. 무시하고 안으로 들어갈 작정이었지만 문이 당겨지는 것을 바로 강하게 막은 남자의 발로 인해 그럴 수가 없었다.

아무리 당겨 봐야 내 힘으론 역부족이었다. 난 고개를 숙이고 남자의 발에 시선을 고정했다. 하얀 운동화. 한 번도 세탁을 하지 않았는지 상태가 굉장히 더러웠다. 멀끔하게 차려입은 옷차림과는 어울리지 않는 운동화였다. 난 최대한 험상궂게 얼굴을 구겼다. 딱히 그게 도움이 될지는 모르겠지만.

차라리 이 자리에서 울까? 그럼 좀 당황해서 자리를 피하려고 하려나? 정체가 뭔지는 몰라도 어떻게 해서든 여기서 쫓아내야 했다. 이건 김영헌이 문을 꼭 걸어 잠그고 경찰을 부르는 시나리오보다 더 최악이었다. 갑자기 나타난 건장한 남자라니. 아예 예상을 못 했던 일인데.

내가 알기로 김영헌은 같이 사는, 하다 못해 연락을 하고 지내는 가족도 없었고 집에 초대할 정도로 친한 친구도 없었다. 가끔씩 그가 펑크를 내고 잠적하면 그를 잡아 왔던 적이 왕왕 있었기 때문에 그것만큼은 잘 알고 있었다.

나조차 함께 일한 지 4년이 넘어서야 그의 집 주소를 알 수 있었다. 일주일이 넘는 시간 동안 전혀 연락이 닿지 않아 욕이란 욕은 내가 다 먹던 상황에서 간신히 알아낸 주소였는데, 그때는 그래도 다행히 나를 이 먼 오지까지 태워 주겠다는 사람이 있었다. 물론 금전적인 이유가 얽힌 경우였지만. 그날 비틀거리면서 문을 연 김영헌의 입에서는 술 냄새가 났고, 집 안에는 퀴퀴한 홀아비 냄새가 진동을 했던 것도 선명하게 기억이 났다.

펑크 내고 잠적한 걸 끌어올려 준 것에 감사는커녕, 나중에 자신의 집은 누구에게도 침범당하고 싶지 않은 신성한 공간이니 어쩌니 하는 구구절절한 불평은 나 혼자 오롯이 들어야 했다. 귀에 울리는 그 개소리를 적당히 무시하며 손을 부지런히 움직여 당시 그가 연출을 맡고 있던, 갑작스럽게 제작자에게서 수정 요청이 들어온 시리즈물의 대본을 다시 수정하면서 속으로 생각했었다. 그래, 그럼 혼자 집에서 독거노인으로 살다 뒈져라, 괜히 다른 사람 고생시키지 말고.

그랬던 김영헌이 갑자기 집에 들인 남자라니, 수상하기 짝이 없었다. 코앞에 선 남자에게 짐짓 위협적인 태도로 강하게 도발해도 별다른 효과가 없으리라는 것은 자명했다. 나부터도 얼굴을 내려다봐야 하는 사람에게 위압감이나 위협을 느끼는 것이 상상이 되지 않는데, 저 남자라고 다르겠어.

난 천천히 고개를 올리고 남자의 냉담한 표정을 똑바로 쳐다보면서 살짝 웃은 후, 이번에는 칼에 베이지 않게 조심하며 손으로 가방에서 핸드폰을 꺼냈다. 그리고 잠시 핸드폰 사진첩을 뒤지다가 남자의 얼굴에 화면을 가까이 들이댔다.

"보이세요?"

내가 남자에게 보여 준 건 김영헌의 작업실에서 그와 함께 찍은 사진이었다. 작업실을 방문한 사람들 사이에서 그와 나는 의도치 않게 가깝게 서 있었는데, 자세히 보면 서로 어깨가 닿지 않게 하려고 부단히 애를 쓰고 있는 걸 눈치챌 수 있었다.

지인의 아들이 영화감독을 꿈꾸고 있다면서 자기가 아는 감독인 그를 찾아왔는데, 나에게는 물론 일언반구도 없이 초등학생과 그 부모를 데리고 와서는 기념이라고 사진까지 찍었다. 난 왜 찍냐고 속으로 욕을 바가지로 했지만, 그때 그가 메신저로 보낸 사진을 귀찮아서 삭제하지 않고 놔둔 것이 이런 식으로 도움이 될 줄은 몰랐다.

"저는 감독님하고 7년 동안 아주 가깝게 지내면서 같이 일한 사람이고요, 오늘도 일 때문에 왔거든요?"

말하면서 조금 걱정이 됐다. 김영헌이 갑자기 튀어나와 저 남자 뒤에 숨어서는 지금 안 꺼지면 당장 경찰에 신고를 하겠다고 하면 어떡하나. 그래도 거짓말은 기세가 중요하다.

"전 설명 다 했는데, 더 필요해요?"

핸드폰을 남자의 얼굴에서 거둔 나는 의기양양한 태도로 팔짱을 끼고는 건들거리는 자세로 남자를 향해 눈썹을 한껏 치켜세웠다. 양쪽 겨드랑이에 고인 흥건한 땀이 이제 완전히 식어서 마치 얼음을 집어넣고 있는 듯했다.

내 의기양양한 태도와는 별개로 사진을 본 남자의 얼굴에는 별다른 변화가 없었다. 입이 살짝 벌어지며 세모 모양이 되긴 했는데, 그게 다였다. 무슨 벽에다 대고 얘기하는 기분이네. 난 핸드폰에 내가 김영헌과 찍은 다른 사진이 있는지 곰곰이 생각했다.

"죄송합니다."

다행히 친분을 증명할 또 다른 사진을 찾을 필요는 없었다. 급작스러운 사과의 말을 내뱉고 꾸벅 90도로 허리를 숙이고 다시 몸을 일으킨 남자의 얼굴에는 인상과 전혀 어울리지 않게 붉은 홍조가 띄워진 상태였다. 난 그 수줍은 척하는, 혹은 정말 수줍어하는 얼굴에 어떻게 반응해야 할지 몰라 눈알만 위아래로 굴렸다. 태도가 유하게 변한 것은 확실히 반길 만한 일이었지만, 불과 몇 초 전까지 남자가 나에게 보였던 태도를 생각해 보면 그 자발적인 변화가 조금 좆 같긴 했다.

"감독님이 오디션 이후에 한번 따로 만나고 싶다고 하셔서 여기까지 오게 됐는데, 갑자기 문 두드리는 소리가 들려서 나가 보니까 처음 뵙는 분이라……."

"아, 배우세요?"

"네. 근데 감독님하고 아주 잘 아시나 봐요."

"왜요?"

"이곳에 대해서 아는 사람이 얼마 없다고 하시던데."

내가 그 인간을 아주 잘 알긴 하지. 그 생각을 하니 자연스럽게 어금니를 꽉 깨물게 됐다. 배우시군. 안 그래도 처음 보자마자 수려하게 눈에 띄는 외모를 가졌다고 생각은 했는데, 과연. 얼굴이 낯선 것을 보면 신인인 것 같았다. 어쩌면 데뷔조차 하지 않은.

새 작품을 준비한단 소리는 못 들었는데, 과연 그가 어떤 작품에서 무슨 역할로 오디션을 본 것인지 궁금해졌다. 이번에도 나 나 다른 사람 걸 훔쳐서 만드는 걸지도 모르지. 아무튼 확연히 느껴지던 장벽이 좀 수그러들자 그의 인상이 조금 달라 보였다.

기 싸움을 한 것이 부끄러운 듯 머리를 긁으며 웃는데 눈꼬리가 살짝 처지면서 순해 보이는 사람 특유의 분위기가 풍겼다. 머릿속에 비슷한 이미지를 가진 남자 배우들의 얼굴이 스쳐 지나갔다. 그중 몇 명을 실제로 만나 본 사람으로서 말하자면, 솔직히 이 남자가 훨씬 나았다.

"뭐, 볼일 다 보셨으면 이제 그만 가셔야 하는 거 아니에요? 날도 어두운데."

난 슬쩍 문에 몸을 기대고 다정다감한 목소리로 말했다. 남자의 표정이 확실히 방금 전보다 유해지긴 했지만, 그래도 문을 막고 선 몸은 비킬 생각이 없어 보여서 말을 덧붙였다.

"감독님하고 아직 작품에 대해서 얘기를 하던 중이라."

"감독님이 저한테 오늘 둘이서만 보자고 하셨는데, 그냥 나중에 하세요."

"약속을 깜박 잊어버리신 거 아닐까요?"

"중요한 일이라서 그러실 리는 없어요. 배우님이야말로 볼일 끝나신 거 아니에요?"

"정확하게 무슨 중요한 일이시길래……."

"죄송한데, 제가 그걸 왜 배우님한테 말씀을 드려야 하는지, 네, 전 잘……."

그냥 비켜라, 씨발놈아. 제발 좀. 인내심이 현저하게 떨어져서 거의 바닥을 보이고 있었다. 도착한 지 30분이 다 되어 가는데 현관문 앞에 서서 실랑이를 하고 있으니 다리가 저리면서 발가락에 피가 쏠리기 시작했다.

"사실 감독님이 지금 상태가 좀 안 좋으셔서, 누워 계시거든요."

"어디 아프세요?"

"몸살 기운이 갑자기 생기신 것 같아요. 그래서 제가 방에 들어가서 누워 계시라고 말씀드렸거든요."

"어우, 그럼 그냥 가시지."

"아픈 분 혼자 두고 어떻게 가요."

"제가 왔으니까 안심하시고 이제 가세요."

"하하……."

그는 멋쩍게 웃고는 또 아무런 말이 없이 날 빤히 쳐다봤다. 저 예쁘고 매끈한 도자기 같은 머리통 안에서 무슨 생각이 돌아가고 있는 건지 모르겠다.

이쯤 되면 일단 안으로 들어오라고 해야 하는 거 아닌가. 도대체 날 언제까지 여기 서 있게 할 생각인 거지? 우리 둘 다 서로에게 진짜로 하고 싶은 말은 못 하고 눈치나 주면서 얼버무리고 있었다.

 방법을 찾아야 했다. 난 오늘 무슨 일이 있어도 이 집으로 들어가서 김영헌을 죽여야 하니까. 난 저려 오는 손을 쥐었다가 폈다. 순간 손가락 끝이 따끔했다. 아, 상처. 손가락의 베인 부분이 떠올랐다. 그리고 내가 지금 무엇을 해야 할지도.

 난 핸드폰을 다시 넣는 척 손을 가방에 집어넣었다. 그리고 핸드폰을 손에서 놓은 다음 날카로운 것에 닿을 때까지 가방 안으로 더 깊숙이 손을 넣었다. 날카로운 칼끝에 손가락이 닿으면서 상처가 더욱 벌어졌다. 사람이 피를 철철 흘리는 것을 보고도 가만히 있나 보자. 일말의 예의가 있는 인간이라면 상처를 치료하게 빈말로라도 안으로 좀 들어오라고 할 것이고, 일단 집 안으로 발을 들인 후에 다음 단계를 생각할 작정이었다.

 난 손을 가방에서 꺼내고 칼끝에 찔린 상처가 남아 있는 손가락이 쓰라릴 정도로 세게 땀을 닦는 척하며 얼굴과 목을 훑었다. 맺혀 있던 땀이 상처 안으로 들어가자 더욱 강렬한 고통이 손을 타고 어깨까지 올라왔다.

 남자의 얼굴을 천천히 살폈다. 표정에 변화가 없었다. 혹시 피가 제대로 묻지 않은 걸까? 거울 좀 달라고 할 수도 없고. 난 인중으로 손가락을 가져갔다. 비린내가 났고 흘러내린 핏방울 몇 개가 입술 위로 흘러 스며 들어갔다. 짭짤한 맛이 혀 위에 퍼졌다. 상당히 많은 양이 흘러나오고 있는 것은 확실했다. 마침내, 남자의 한쪽 눈썹이 위로 쑥 올라갔다.

"어, 피가······."

"네?"

"손에서 피가 나는 것 같아요."

같아요? 피가 나는 것 같아요? 몸에서 흐르는 빨간 액체가 그럼 물이겠냐? 어처구니가 없어서, 진짜.

속으로는 그런 생각을 하면서도 그 말을 듣고 화들짝 놀란 사람처럼 고개를 황급히 돌리고 손바닥을 봤다. 누른 게 효과가 있는지, 아니면 원래 피가 많이 나고 있었던 건지 피가 제법 나는 것같이 연출이 되어 있었다. 그걸 보자 짜증이 확 났다. 통증도 통증이지만 오늘은 손을 쓸 일이 많을 텐데. 이런 곳에 상처가 나면 오랫동안 낫지 않는데. 난 얼굴을 한껏 찡그리고 피가 흐르는 손을 약하게 떨었다. 이 상태로 김영헌을 죽일 수나 있을지 불안해졌다. 그래도 일단 지금 중요한 것은 집 안으로 발을 들이는 것이었다.

"아, 아까 산길 올라오다가 넘어져서 상처가 났거든요. 아문 줄 알았는데 다시 상처가 터졌나 봐요."

"아, 네."

남자의 반응은 놀라울 정도로 냉담했다. 손가락에서 피가 생각보다 많이 나오고 있어서 말소리가 심하게 떨렸다. 스스로가 하는 말이 거짓말인 걸 알고 있기에 과하게 의식이 되는 것일지 몰라도. 내 말이 내 귀에는 연기를 못하는 배우가 하는 대사처럼 들렸다. 이 남자의 직업이 하필이면 배우라는 것이 신경이 쓰였다. 거짓말하는 것이 전문인 사람인데.

아무래도 남자는 내 말을 전혀 안 믿는 것처럼 보였다. 손에 난 상처는 언뜻 봐도 아주 예리한 것에 베인 것으로 보였고, 갑자기 상처가 터져서 피가 줄줄 흐르는 것도 이상하긴 했다. 객관적으로 보았을 때 내 연기가 아주 형편이 없는 편이기도 하고.

"죄송한데, 저 좀 들어가도 될까요? 손도 이렇고."

이번에는 의도가 명확하게 전달이 되도록 노골적으로 요청했다. 다친 사람한테 이렇게 아무 반응이 없는 남자가 이해가 되지 않음을 넘어서 점점 이상하게 느껴졌다. 남자는 몸이 얼어붙은 사람처럼 굳어서 나를 쳐다보고 있을 뿐이었다. 난 참을성 있게 기다렸다. 남자가 무언가 말을 하려는 듯이 입을 들썩이더니 갑자기 팔을 움직여 내 손을 붙잡았다.

"아!"

이게 지금 뭐 하는 건지. 당연히 손을 붙잡힌 내 입에서 신음 소리가 나오자 남자가 다시 손을 황급하게 떼어 냈다. 잠깐 느꼈을 뿐이지만 남자의 악력은 상당했기에, 난 붙잡혔던 손을 쳐다봤다.

"죄송해요."

남자가 기어가는 목소리로 말하더니 숨을 크게 내쉬고 다시 뱉었다.

"상처를 좀 자세히 보려고 했는데……."

"그렇다고 손을 덥석 잡으면 어떻게 해요."

농담조로 말하려고 했는데 고통 때문에 성난 목소리가 나오는 것을 막을 수는 없었다. 그래도 마지막에는 간신히 웃음을 쥐어짜 냈다.

"들어오세요, 구급상자 가져올게요."

그래도 피를 보니 조금 불쌍해 보이기는 한 모양이지. 남자의 말을 듣자마자 내 입에서도 아주 깊은 한숨이 뿜어져 나왔다. 거의 이 집 문 앞까지 다다르는 것만큼이나 힘든 여정이었다. 그가 문을 활짝 열자 환한 빛이 내 얼굴을 때리면서 눈이 찡그려졌다.

난 수술을 집도하려고 하는 의사처럼 손을 들어 올린 채로 안으로 발을 들였다. 이제 저놈만 잘라 내서 집 밖으로 내보내면 된다.

*

 기억에 기초한 나의 예상보다 집 안의 내부는 상당히 쾌적했다. 문을 열고 들어가면 바로 보이는 거대한 거실과 주방, 양옆에 붙은 복도에 쭉 늘어선 방문들. 주기적으로 환기를 한 듯 관리가 제대로 되지 않은 집에서 자주 맡을 수 있는 무언가 썩어 가고 있는 냄새는 전혀 나지 않았고, 방향제를 쓴 모양인지 상큼한 레몬 향이 공기 중에 은은하게 섞여 있었다.

 남자는 문을 열어 주고는 뒤도 한번 돌아보지 않고 재빠르게 걸어서 주방으로 향했다. 나도 그에 대해서 신경 쓰지 않고 곧장 거실로 향했다. 전혀 예상하지 못한 상황에, 덩치 큰 낯선 남자와 산 한복판의 집에 단둘이 있는 것이나 마찬가지이니 물론 신경을 좀 쓰는 것이 좋겠지만 지금은 그럴 여유가 없었다. 머릿속의 시계가 똑딱거렸다. 시계인지 시한폭탄인지는 구분이 되지 않았다.

 하지만 발가락에서 거의 감각이 느껴지지 않았고 마치 다리의 혈관이 수백 번씩 작게 터지고 있는 것 같았다. 똑딱거리는 소리는 좀 무시를 하고 일단 어디든 앉아야 했다. 내 몸이 그것을 갈구하고 있었다. 거대하고 하얗고 푹신한 소파를 발견하고 엉덩이를 붙이는 순간 하체 근육에서 모조리 힘이 빠졌다. 아늑함에 지금 이대로 그만 잠에 빠져 버릴 것 같았다.

난 온몸을 소파에 맡긴 상태로 몸이 액체로 변한 것처럼 소파와 동화됐다. 가방이 어깨에서 떨어지는 바람에 칼이 딱딱한 바닥에 부딪히면서 청량하고 맑은 소리가 났다. 순간 어깨가 움츠려 들으면서 몸이 다시 굳었다. 주방에 있는 남자의 등을 빤히 쳐다봤지만 아무래도 그의 귀에는 들리지 않은 듯했다. 뭐, 들었어도 그냥 핸드폰 소리인가 했겠지.

난 발로 가방을 대충 밀었다. 별로 힘을 주지도 않았는데 가방이 매끄러운 바닥에 속도를 입고 소파 옆으로 미끄러지면서 내 시야에서 완전히 사라졌다. 가방을 다시 챙겨야 한다는 생각이 들긴 했지만, 그냥 소파에 누워서 나의 모습을 비추고 있는 검은 텔레비전의 화면을 바라보기만 했다. 화면에 비쳐 보이는 나의 모습은 누군가를 죽이겠다고 결심한 사람이 아니라 지친 직장인처럼 보였다.

아까 피 묻은 손으로 얼굴을 닦았기에 얼굴에 피가 얼마나 묻어 있는지 살피려고 했지만 잘 보이지 않았다. 몰골이 추레해 보이는 것은 확실했다. 내가 거울을 챙겨 왔었나? 가방을 뒤져 보면 나올지도 모르지만 지금 자리에서 일어나 가방이 있는 곳까지 걸어가고 싶지 않았다. 난 더욱더 깊게 내 몸을 소파에 밀착시켰다.

"밴드가 딱 하나 남아 있어요."

갑자기 들려온 목소리에 놀라 몸을 꼿꼿하게 펴며 일어났다. 용케 발걸음 소리를 하나도 내지 않고 내 옆에 스리슬쩍 다가온 남자가 실실 웃으면서 일회용 반창고 하나를 손으로 잡고 팔랑거리고 있었다. 난 대충 입꼬리만 올려서 웃고 남자의 손가락 사이에서 곰 인형이 잔뜩 그려진 반창고를 가져왔다. 아주 조그마했다. 손가락 하나에 난 상처를 간신히 감쌀 정도의 크기였다.

"제가 붙여 드릴까요?"

"아뇨, 혹시 연고 같은 건 없어요?"

"아, 찾아봤는데, 아무래도 없는 것 같아요."

"감독님한테 여쭤보면 어디 있는지 알고 계시지 않을까요?"

"감독님이요?"

"네, 지금 어디 계세요? 그냥 제가 직접 여쭤볼게요."

"어차피 아프셔서 말도 못 알아들으실 텐데."

"네? 말을 못 알아들으세요?"

1장 복수 67

"침대에서 못 일어나세요, 정신도 없으시고."

뭔 소리야, 아예 기절해서 사경을 헤매고 있다는 말인가? 난 도대체 김영헌이 무슨 미지의 질병에 걸린 건지 이해가 되지 않았다. 그렇게 심각한 상황이면 구급차를 불러야 하는 거 아닌가. 보아하니 여기 비상약도 없는 것 같고. 아닌가? 물론 지금 구급차를 부르면 내가 아주 곤란한 상황에 처하기는 하는데. 김영헌이 병에 걸려서 죽으면 나한테야 좋은 일이지 않나? 아니, 꼭 그렇지도 않다. 내가 죽일 기회를 빼앗기는 거잖아. 느낌이 좋지 않았다. 남자가 무언가를 숨기려고 하는 것이 분명했다. 그런데 도대체 그것이 무엇인지 파악이 되지 않았다.

"그러고 보니까 제가 이름도 모르네요."

"저요?"

"네, 전 임인혜라고 합니다."

"아…… 네."

이제 이런 반응에 속으로 욕을 하는 것도 지친다. 난 입안을 살짝 깨물고 꿋꿋하게 다시 물었다.

"이름이 어떻게 되세요?"

"아…… 전, 인유, 라고, 네."

"그럼 혹시 성이 인이고 이름이 유예요?"

"아뇨, 이름이 인유예요."

"아, 그럼 성은 뭐예요?"

"네? 이름이 인윱니다."

"아니 그러니까, 이름은 알겠는데, 성이 뭐냐구요. 무슨 인유냐고."

"아, 그냥 인유요."

그래 새끼야, 알겠다. 더 이상 이 주제로 대화를 나누고 싶지 않았기에 난 알아들었다는 의미로 입을 꾹 닫고 고개를 끄덕였다. 남자는 이모티콘처럼 웃으면서 눈을 동그랗게 뜨고는 손을 만지작거렸다. 저 뒤통수를 한 대만 칠 수 있다면 소원이 없겠네.

김영헌이 텔레비전 근처 수납장에 고이 모아 놓은 아름답고 값비싼 유리 공예품들이 눈에 들어왔다. 저걸로 김영헌의 대가리를 후려치면 일석이조인데. 손을 쥐었다 폈다 했더니 붙이고 얼마 되지도 않은 반창고가 벌써 반쯤 떨어진 상태로 너덜거리고 있었다. 그동안 상처 부위에 진물이 굳어서 딱지가 생겼는데, 반창고를 처음에 잘못 붙였는지 접착 부분에 그 딱지가 붙어서 떨어지는 바람에 다시 피가 나고 있었다. 난 반창고를 아예 떼어낸 다음 바닥에 던졌다.

"다른 반창고 없어요?"

"아, 그게 마지막이에요."

"구급상자 있다고 하지 않았어요?"

"저도 그런 줄 알았는데, 없나 봐요."

"네……."

저 남자의 입에서 나오는 말이 귀로 들어와 머리에서 인식이 되는 순간마다 누군가 내 명치를 거세게 걷어차는 듯한 고통이 느껴졌다. 얼굴만 멀쩡하지 정상적인 의사소통이 불가능한 놈이었다. 왜 김영헌과 이러고 있는지 알 만했다.

이제는 더 이상 기다릴 여유가 없었다. 정말 내 스스로가 한계까지 몰렸다는 생각이 들었다. 김영헌보다 저 남자를 먼저 죽이거나 쫓아내거나 둘 중에 하나였다. 아니, 사실은 저 새끼도 반드시 죽여 버리고 싶다는 생각이 슬슬 들었다. 의도적으로 계속 훼방을 놓고 있는데, 여기까지 온 마당에 내가 처리할 시체가 하나에서 둘이 된다고 상황이 달라질 일도 없고. 가까이 다가오게 한 다음에 칼로 눈이나 목을 찌르면 될 것이다.

기습적으로, 생각을 비우고 공격을 해야 한다. 만약에 조금이라도 주저하거나 망설여서 실패하기라도 한다면 나는 절대로 저 남자를 제압할 수 없을 테니까. 꼼짝없이 잡혀가겠지. 저 새끼는 영웅이 될 거고, 김영헌은 인터뷰에서 그걸 무슨 무용담처럼 말하면서 영화 홍보를 열심히 돌릴 것이다. 그러면 내가 전하고 싶었던 진실은 그냥 사라지는 거였다. 내가 〈카르마 플레이〉를 썼다는 사실도, 김영헌이라는 작자한테 착취를 당해 7년 동안이나 고통받은 것도 모두.

남자의 키는 대충 짐작하였을 때 180cm 중반에서 후반 정도로 보였다. 내가 앉은 상태에서 할 말이 있다고 한 다음에 남자가 나를 향해서 고개를 숙이면 그때 칼을 목과 쇄골 사이에 쑤셔 박아 버리면 그만이었다. 목을 가리고 있는 옷을 입어서 그게 좀 걱정이 되긴 했다. 조준에 실패할 수도 있고, 내가 어쩌면 살가죽을 뚫을 정도로 힘을 쓰지 못할지도 모르니까.

머리가 갈라질 것만 같았지만 한숨을 내쉬고 진정했다. 냉정하게 따져 봐야 할 때였다. 저 남자를 죽이고 김영헌까지 죽이려면 최상의 컨디션을 가진 상태여도 부족할 텐데, 솔직히 말하자면 난 거의 쓰러지기 일보 직전이었다. 내 안에서 소용돌이치는 지독한 분노와 짜증이 날 완전히 실신하는 것으로부터 간신히 막고 있었다.

"감독님…… 도대체 얼마나 아프세요?"

최대한 물기가 느껴지는 목소리로 물었더니 남자는 입을 삐죽이며 눈동자를 위로 굴렸다. 저런 행동이 거짓말을 하는 사람들의 보디랭귀지라는 것을 텔레비전에서 봤던 것 같은데.

"열이 한…… 40도?"

"아니, 그럼 병원에 데려가야 하는 거 아니에요?"

"감독님이 그건 싫다고 하셔서."

"싫다고 하셨다고 그러면 안 되죠, 위험할지도 모르는데."

"그래도 전 안 부르는 게 낫다고 생각해요."

"아니, 그래도……."

"괜찮습니다, 정말로."

남자는 그러고는 또 말없이 날 뚫어지게 쳐다봤다. 말은 없었지만, 그의 눈을 통해 그가 속으로 하고 있을 생각이 거의 손으로 만질 수 있을 정도로 강렬하게 느껴졌다. '그래, 이제 언제쯤 꺼질래?' 아무리 생각해도 이건 이상할 정도로 부자연스럽다. 처음 보는 놈이 나에게 무슨 별다른 원한이 있어서 사사건건 트집을 잡고 빨리 꺼지라고 이렇게 눈치를 주는 거지?

서서히 무슨 상황이 벌어지고 있는지 짐작이 가기 시작했다. 그냥 내 상상력에 불과한 것인지도 모르지만, 이 배우라는 남자가 이렇게까지 나를 못 쫓아내서 난리인 것을 보면 내가 도착하기 전까지 집에서 아주 불법적인 행위가 벌어지고 있었을 가능성이 컸다.

정확하게 어떤 불법적인 행위를 저질렀을까? 글쎄, 사실 김영헌이 다른 것에 눈이 팔려서 뒤에 일어날 일은 생각도 하지 않고 일단 저지르고 보는 일은 드물지 않았다. 내가 살아 있는 증인이었다. 그러니까 단순하게 생각하면 새로 알게 된 어린애하고 재밌게 법을 좀 어기면서 놀고 있는데 옛날에 갖고 쓰다가 단물만 쏙 빼내고 버린 찌꺼레기 같은 게 불청객으로 찾아와서 다 망치게 생긴 거지.

문 앞에 누군가 왔다는 사실을 깨닫자 바로 남자를 앞세워서 확인해 보라고 시킨 다음 자기는 쏙 빠져서 뒤에 숨어 버린 것이 분명했다. 어쩌면 아예 정신을 놓은 김영헌을 남자가 알아서 치우고 문을 연 것일 수도 있고. 뒷방 어딘가 영 좋지 않은 상태로 널브러져 있는 그의 모습이 눈에 훤했다. 둘 중에 어떤 경우이든 내가 잘 활용한다면 상황이 쉽게 풀릴 것이다.

김영헌이 의식이 몽롱한 상태라면 남자에게 내가 알아서 잘 처리할 테니 걱정은 말고 가라고 할 수도 있고. 아무리 성공을 하고 싶어도 이런 불법적인 거 하다가 빨간 줄 가면 소용이 없는 것 아닌가. 그것도 배우를 하겠다는 사람이. 그렇게 생각하자 눈앞에 맑은 하늘이 펼쳐지는 기분이었다.

우선 김영헌이 아프다는 것은 거짓말인 게 확실했다. 난 내가 앉은 소파 바로 앞에 있는 테이블을 슬쩍 보았다. 과자 부스러기와 뭔가 끈적한 게 묻어서 굳은 흔적, 그리고 액체를 흘린 흔적이 있었다. 아마도 술판을 벌이고 있었겠지. 유심히 보니 테이블 아래에 작은 초록색 조각이 반짝거리는 것이 보였다. 급하게 치우느라고 다 깨뜨려 먹은 모양이군. 그렇지만 술을 마시고 노는 것은 죄라고 할 수는 없다. 내 앞에서 숙취에 절어 구토를 한 적도 있는 인간이니 숨을 이유도 없었다.

하지만 테이블 위에 이상한 가루가 보였다. 과자 부스러기 같은 것이라고 하기에는 너무 고운 연한 분홍색 가루였다. 무엇보다 흩어져 있는 것이 아니고 가지런하게 모아진 상태였다. 머릿속에 돌돌 만 지폐로 매끈한 표면 위에 올려진 마약 가루를 코로 흡입하는, 범죄 영화의 흔한 클리셰가 떠올랐다. 설마.

나도 모르게 남자의 얼굴을 관찰하게 됐다. 그의 검은 눈동자 옆에 있는 핏줄이 선명했다. 처음 보았을 때는 몰랐는데, 이런 밝은 조명 아래에서 보니 얼굴이 좀 붉어 보이는 것 같기도 했다. 생각해 보니 정신 상태도 좀 오락가락하는 것 같고. 무표정했다가, 수줍게 쑥스러워하다가, 또 정색을 했다가, 이젠…….

남자가 이빨을 드러내면서 어색하게 웃었다. 아무래도 생각에 잠겨서 그의 얼굴을 빤히 쳐다보고 있었던 모양이다. 잇몸이 치과의 플라스틱 모형처럼 굉장히 선명한 분홍색이었다. 부담스러울 정도로.

코카인…… 뭐 그런 걸 한 건가? 몸에 빠르게 흡수되게 하려고 잇몸에다가 가루를 비벼서 흡입한다고 들었던 것 같다. 그런데 그런 약물이 우리나라에도 유통이 되나? 아니지, 우리나라 부자들이 다른 나라 사람들이 누리는 걸 손가락만 빨고 쳐다보는 그런 사람들이 아니다.

꽤나 많은 시간을 알고 지냈다고는 해도 엄밀히 말하자면 일할 때만 본 사이이기 때문에 만약 누군가 김영헌이 마약에도 손을 댈 가능성이 있냐고 내게 물어본다면 확답은 할 수 없었다. 그런데 그런 상상을 하는 것이 딱히 어렵지는 않았다.

그는 쾌락에 굉장히 취약했다. 술, 담배, 게임, 뭔 알아듣기도 힘든 이상한 말투가 난무하는 인터넷 커뮤니티까지. 심지어 그걸 다 한꺼번에 했다. 어쩌면 쾌락에 취약한 것이 아니라 지루함을 잘 견디지 못하는 것일지도 모르겠다. 그렇게 성실하게 인생 망치는 대다수의 사람들과 김영헌이 다른 점이 있다면 돈이 많다는 것인데, 그렇다면 다음 단계로 넘어가는 것도 어렵지는 않았을 것이다.

김영헌의 두 번째였나 세 번째 작품에 주연으로 출연했던 배우가 생각났다. 얼굴과 목은 기린 같고 몸은 황소 같은 남자였는데 마약과 관련된 소문이 늘 끊이지 않았다. 영화가 개봉하고 거의 1년이 지난 다음에 결국엔 꼬리가 잡혀 경찰 조사를 받으러 가는 모습을 텔레비전 뉴스로 봤던 기억이 난다. 누런 낯빛에 장례식에 조문을 가는 것처럼 검은 정장을 후줄근하게 입은 그는 그때가 되어서야 처음으로 살아 있는 인간같이 보였다. 내 옆에서 같이 화면을 보던 김영헌은 넌지시 이렇게 말했다. 걸리지나 말지, 등신.

이상하긴 했다. 신인 배우와 영화감독의 은밀한 만남. 일이 성사가 된 것도 아니고 얼굴도 이름도 안 알려진 애를 자기 집에? 뭐 마음에 든 것이 있었겠지. 난 너랑 같이할 거다, 직접 이렇게 멋지게 말하고 싶었을 수도 있고.

하기야 김영헌은 그런 걸 좋아했다. 자기가 누군가에게 기회를 준다는 감각. 눈동자를 초롱초롱 빛내면서 자기를 우러러보는 어린 것들 앞에서 여유로운 어른인 척하는 거. 원래 별 볼 일 없는 것들이 유독 그런 걸 좋아한다.

두 사람이 만나서 술을 마시면서 신나게 떠드는 상상이 자연스럽게 떠올랐다. 뻔하지. 어휴 감독님 저 감독님 작품 진짜 좋아합니다 제가 이 작품에 참가하게 되어서 너무 영광이고 진짜야 나 아직 너 안 뽑았다? 에이 감독님 저 마음에 드시잖아요 새끼 이거 아부하는 거 봐라 아 감독님 저 진심입니다 됐고 술이나 마셔 술이나.

머릿속으로 김영헌이 남자들끼리 있으면 괜히 하던 특유의 말투가 재생이 되어서 기분이 더러웠다. 난 상황을 진전시키기 위해 입을 열었다.

"감독님한테 마지막으로 한 번만 다시 여쭤봐 주시겠어요?"

"뭘요?"

"저랑 오늘 정말 안 만나도 괜찮으신 건지."

남자가 이빨로 아랫입술을 깨물었다. 김영헌이 술에 취했든, 마약을 하고 실신했든, 아님 씨발 갑자기 나에게 겁을 먹고 방에 몸을 숨긴 것이든, 도대체 뭐가 문제인 건지는 몰라도 일단 그 새끼가 어느 방에 있는지는 알아야 했다. 이 거지같이 넓은 집은 용도를 알 수 없는 방만 일곱 개였고, 그중 김영헌이 어느 방으로 기어들어 갔는지는 미지수였기 때문에.

그리고 어느 방에 있는지 안 다음에는? 그럼 그다음에는 어떻게 하지? 원래는 바로 죽이려고 했지만, 지금은 계획을 조금 변경해야 할지도 모르겠다는 생각이 들었다. 혹시 모르니까.

"하…… 네."

나는 천천히 복도로 향하는 남자의 엉덩이에 시선을 고정했다. 오른쪽 복도의 왼쪽에서 두 번째 방. 문이 닫히자마자 잠금장치를 잠그는 소리가 들렸다. 끝까지 아주 철저하다.

소파에서 일어나는데 다리가 심하게 떨렸다. 기력을 회복하기 위해 조금 더 휴식을 취해야 한다는 생각은 들었지만, 그래도 몸이 먼저 다급하게 움직이는 것을 막을 수가 없었다. 하지만 테이블에 가지런히 모인 가루에 손을 대려는 순간, 갑자기 떠오른 생각에 손가락이 허공에 멈췄다. 내가 이 수상한 가루를 직접적으로 만졌다가는 저 둘이 나를 공범으로 몰아갈지도 모른다. 둘이 똘똘 뭉쳐서 아예 나에게 덤터기를 씌울지도 모르는 일이고.

가방, 일단 가방부터 챙겨야 했다. 어쩌면 가루를 수집하는 것에 쓸 만한 물건이 있을지도 모르고, 칼과 핸드폰 둘 다 거기에 있었다. 만약 일이 꼬여서 제압을 당한다면 칼과 핸드폰, 둘 중에 무엇을 먼저 손으로 집어야 할까. 운명에 맡겨 볼까? 눈을 딱 감고 손에 집히는 걸로 정하는 거지.

만약에 둘이서 뭔 수상쩍은 짓거리를 하다가 문제가 생긴 거라면 굳이 김영헌을 죽일 필요가 없을지도 모른다. 추측에 불과하지만 혹시나 마약이라면, 바로 경찰에 신고를 해서 둘 다 잡혀가게 내버려두면 그만이다. 특히나 바로 증거를 확보할 수가 있다면. 그렇게 된다면 그에 관련한 여론은 급격하게 악화될 것이고, 그럼 내 목표를 이루는 것이 더욱 수월해진다.

이 선택지에서 제일 좋은 점은 내가 굳이 죽을 필요가 없다는 거지. 그걸 각오하고 오긴 했지만 뭐, 안 죽을 수 있으면 당연히 그 길을 택하는 것이 낫다. 머리를 식히고 생각을 해 보니 잘못한 놈은 따로 있는데 내가 왜 죽어야 하나 싶기도 하고.

다급하게 발을 돌리는데 따끔한 통증이 느껴졌다. 발을 치워 보니 초록색 유리 조각들이 테이블 아래 말고도 이리저리 뿌려져 있었다. 지금은 발바닥에서 피가 나오고 있는지 확인을 할 여유가 없었다. 통증이 이어지지 않는 것을 보니 심각한 상처는 나지 않았을 것이다. 난 거의 반대편의 창문 가까이까지 밀려간 가방을 향해 걸어갔다. 그리고 가방을 손으로 집으려는 순간, 둔탁한 무엇인가가 바닥에 부딪히는 소리가 들렸다.

쿵.

뭐지? 혹시 남자가 돌아왔나 싶어 확인해 봤지만 거실에는 여전히 나 혼자였다. 뒤에서 들려온 소리가 아니었다. 난 소리의 근원지를 찾아서 천천히 거실을 둘러봤다. 갑자기 실내가 조금 더 어둡게 느껴졌다.

긴장감 넘치게 한구석에서 다른 구석으로 시선이 넘어가던 도

중, 무언가 이질적인 것이 눈에 들어왔다. 소파 뒤에 기다랗고 반짝이는 막대가 있었다. 난 가방을 어깨에 메고 쇳덩이를 향해 걸어갔다. 가까이 다가가서 보니 파랗고 매끈한 표면을 가진 여행 캐리어에 연결된 철로 만들어진 손잡이였다.

캐리어는 누군가 급히 잠적하려고 온갖 짐을 마구 쑤셔 넣은 것처럼 잔뜩 부풀어서는 바닥에 엎어져 있었다. 도대체 왜 이런 거대한 가방이 거실 소파 뒤에 덩그러니 있는 것인가 의문이 들긴 했지만 그래도 별거 아니었다는 사실에 긴장이 풀리면서 안도감이 들었다. 가방이 갑자기 왜 넘어진 것인지는 모르겠지만.

꽤나 비싸 보이는 캐리어였는데, 험하게 사용한 모양인지 정체를 알 수 없는 흔적이 구석구석 묻어 있었다. 겁을 먹었던 것이 부끄러워진 난 애꿎은 가방에게 괜히 적대감이 들었다. 내 눈앞에서 당장 꺼지게 만들고 싶었다. 마치 발가락을 부딪친 의자를 주먹으로 때려 부수고 싶은 것처럼.

하지만 찜찜한 마음은 여전했기에 발을 쭉 뻗어서 더럽지 않은 부분을 슬쩍 밀었다. 무게가 상당했다. 그 정도로는 꼼짝도 하지 않았다. 난 이번엔 아예 발바닥을 대고 허벅지에 더욱 힘을 줬다. 가방에 묻은 어두운 자국에 양말이 젖자 기분이 이상했다. 그래도 계속 발에 힘을 주니 서서히 가방이 조금씩 밀려 나가기 시작했다.

그때 이상한 느낌이 들었다. 발뒤꿈치가 간지러웠다. 뒤꿈치가 지퍼 부분에 닿은 건가? 하지만 지퍼가 내 발을 자꾸 만졌다.

지퍼가 내 발을 만졌다.

지퍼가 내 발을 만질 수는 없지 않나? 그렇지. 난 천천히 시선을 내려서 날 간지럽히는 그것의 정체를 확인했다. 내 발을 만진 것은 누군가의 손가락이었다. 여행 가방의 지퍼 사이를 아스팔트에 피어난 새싹처럼 간신히 뚫고 나와서는 나의 발을 간지럽혔다. 손톱으로 꾹꾹 누르고 마구 찔렀다. 자길 봐 달라고. 난 다급하게 발을 치웠다.

얇은 손가락이었다. 검지? 어쩌면 약지일지도 모르겠다. 하얗고 가느다란, 화장품 광고에서나 볼 법한 손가락. 이리저리 움직이는 손가락으로 지퍼의 체인이 서서히 벌어졌다. 손가락은 금방 두 개에서, 곧이어 세 개로 개수가 늘어났다.

'지익, 직, 직, 직, 지익.'

귀에 거슬리는 소리가 들리더니 순식간에 손가락 네 개가 지퍼 바깥으로 튀어나왔다. 마치 꽃이 서서히 만개하는 것을 보는 듯했다. 곧 완전히 바깥으로 나온 손이 서서히 움직이면서 지퍼를 옆으로 밀었다. 가방 내부가 조금씩 보이기 시작했다. 하얀 살가

죽에 새빨갛고 자주색으로 물든 상처가 가득한 팔이 보였다.

가방 안에 누군가 있었다. 살아 있는 사람이, 가방에 구겨져서, 나를 향해서 팔을 뻗고 있었다. 난 나를 향해서 다급하게 뻗쳐진 손을 발로 걷어차고 가방을 양손으로 붙잡은 다음 더욱더 먼 곳으로 밀어 버렸다.

'쿵!'

팔이 심하게 떨리고 있어서 제대로 밀리지도 않았다. 가방이 벽에 닿자 그 안에 들어 있는 사람의 팔이 튀어나왔다. 이리저리 움직이는 하얀 팔은 마치 뒤로 넘어진 벌레의 다리 같았다. 더 이상 지퍼를 열지 못하는 듯, 다급하게 손가락이 바닥을 잡는데, 손톱 사이에 피딱지가 끼여서 지저분한 것이 보였다. 어찌나 세게 붙잡았는지 손톱 아래에 있는 피부가 하얗게 변할 정도였다.

난 뒷걸음질로 서서히 뒤로 물러나면서 손으로는 가방 속에 들어 있는 핸드폰을 찾았다. 그 와중에 눈으로는 복도 쪽을 보면서 혹시나 남자가 방에서 나오지는 않았는지 확인했다. 눈, 다리, 손이 모두 각각 다른 방향으로 움직이고 있었다. 내가 지금 어떻게 걸어가고 있는지 스스로도 알 수 없었다.

내 몸을 지탱하는 끈들이 팽팽하게 사방으로 당겨지는 것이 느껴졌다. 일순간에 끈이 확 조여지면서 내 몸이 젤리처럼 두툼

한 덩어리들로 나뉘어서 잘려 나갈 것 같았다.

운이 좋게 칼날에 베이지도 않고 핸드폰을 바로 찾았지만 손에 땀이 흥건해서 맨손으로 물 안에서 헤엄치는 물고기를 붙잡으려는 것처럼 자꾸만 핸드폰이 내 손에서 미끄러졌다. 결국엔 손가락 끝에 힘을 주고 모서리 부분을 붙잡은 다음 휴지를 뽑듯이 핸드폰을 꺼내야 했다. 검은 화면에 오만상을 찌푸린 나의 흉한 얼굴이 보였다.

화면을 톡톡 건드려도 빛이 들어오지 않았다. 옆에 달린 버튼을 마구 눌러도 마찬가지였다. 땀방울이 하나둘 떨어졌다. 전원 버튼을 길게 눌러도 아무런 반응은 없었다. 배터리가 방전된 것이 확실했다. 난 다시 가방 안에 핸드폰을 집어넣었다.

여행 가방에서 나온 손이 손톱으로 바닥을 긁고 두드리는 소리가 들려왔다. 기묘한 리듬감이 느껴지는 그 소리를 들으니 이상하게 머릿속이 차분해졌다. 바로 발을 움직여서 현관을 향해 몸을 돌렸다. 주변에서 들려오는 모든 소리를, 내 몸 안에서 울려 퍼지고 있는 소리도 무시했다. 침착해야 했다. 달려야 했다. 뒤에서 남자가 문을 열고 바깥으로 나오는 소리가 들려도, 무시하고 달려서 이 집 밖으로 나가야 했다. 그때 남자의 목소리가 들렸다.

"인혜 씨?"

"죄송한데, 저 이만 갈게요."

 저 남자가 배우가 맞긴 한 건가? 그런 생각이 들자 스스로가 한심했다. 가방에 얻어터진 사람이 들어가 있는 걸 보고 하는 생각이 '어머, 그럼 배우가 아니었어?' 뭐 이런 거라니.

 아무튼 간다, 나는 간다. 네가 원하던 대로 이제 꺼져 준다, 잘 있어라. 발걸음이 서서히 빨라졌다. 달려 나가지는 못했다. 무언가 수상하다는 것을 눈치채고 내 뒤를 쫓아오면 바로 붙잡힐지도 모르니까. 대신 보폭을 최대한 벌리면서 빠르게 걸어갔다. 남자가 내 이름을 몇 번 더 부르더니 곧 잠잠해졌다.

 그래, 닥쳐, 닥쳐라. 결국엔 참지 못하고 달리듯이 걸었다. 남자에게 붙잡히지 않도록 팔은 몸에 딱 붙이고 발만 바쁘게 움직였다. 이상한 소리가 들렸다. 처음엔 내 가방에서 물건이 부딪혀서 나는 소리인 줄 알았는데, 좀 더 먼 곳에서 들려오는 소리였다. 삑삑거리는 운동화 밑창 고무의 소리. 남자가 움직이고 있었다. 내 뒤를 따라오고 있는지는 확실하지 않았다. 소리가 점점 가까워지는 것 같기도 했고 아닌 것 같기도 했다.

 다급하게 빠른 속도로 걷는데 바닥을 보면서 걷는 바람에 문에 얼굴이 먼저 부딪쳤다. 손잡이를 붙잡고 돌리는데 문이 열리지 않았다. 손잡이가 부드럽게 돌아가는 것을 보면 열린 것은 분명한데 마치 벽을 뚫고 지나가려고 하는 것처럼 단단하게 막아선 문은 나를 내보내려고 하지 않았다.

'덜컹, 덜컹, 덜컥.'

난 아예 몸을 부딪치면서 문을 열려고 안간힘을 썼다. 이해가 되지 않았다. 왜 문이 열리지 않는지, 왜 가방 안에 사람이 들어 있는지, 왜 내가 이곳까지 오게 됐는지. 발걸음 소리는 여전히 들려오지 않았다. 남자가 지금 날 쳐다보고 있을지 궁금해서 뒤를 돌아보고 싶은 마음이 굴뚝같았다.

조금 침착해질 필요가 있었다. 난 잠깐 뒤로 물러난 다음 날 가로막고 있는 문을 아래에서 위로 천천히 훑었다. 고개를 위로 올리니 거의 문의 맨 꼭대기에 설치된 잠금장치가 보였다. 황금빛 체인이 매달린 안전 걸쇠가 반짝거렸다.

빛을 향해서 손을 쭉 뻗는 순간, 힘해 보이는 손이 내 손을 덮었다. 손등이 따뜻했다. 거의 두 배 크기인 남자의 손에 덮인 내 손은 보이지도 않았다. 그가 굵고 마디가 튀어나온 손가락으로 체인을 붙잡고 있는 내 손가락을 붙잡은 다음 서서히 다시 걸쇠를 밀어서 문을 잠그더니 이내 나의 손목을 조심스럽게 쥐었다. 남자의 숨결이 목에서 느껴졌다. 내 손이 덜덜 떨리는 것이 느껴졌다.

 또 다른 손이 내 어깨를 가볍게 감싸더니 조심스럽게 붙잡았다. 흡사 로맨스 소설 속에서 남자 주인공이 무도회장에서 만난 숙녀를 에스코트하려고 드는 것만 같은 태도에 난 어이가 없었다. 내가 서서히 팔을 내리자 나의 팔과 평행을 이루면서 붙어 있던 남자의 팔도 서서히 내려왔다.

 여전히 손목은 붙잡힌 상태였다. 내가 붙잡힌 손목을 잠깐 비틀자 우습게도 남자가 흠칫 놀라면서 붙잡고 있던 손을 거두었다. 하지만 다른 팔로는 여전히 내 어깨를 붙잡고 있었다.

 혹시나 손목을 놓아줬던 것처럼 남자에게 바짝 붙으면 나를 놓아줄 수도 있지 않을까 하는 생각에 난 뒤로 발을 뻗고 남자의 몸에 내 등을 더욱 가까이 가져갔다. 그의 몸이 옅게 떨리는 것이 느껴졌다. 나와 몸이 맞닿는 것이 불편한 게 확실했다. 그렇지만 어깨를 붙잡은 손에는 서서히 더 힘이 들어가고 있었다.

 "인혜 씨."

 낮게 울리는 것 같은 목소리가 귓불을 간지럽혔다. 그가 말을 내뱉으면서 따뜻한 숨결이 두피에 느껴졌다. '머리카락이 쭈뼛 곤두선다'라는 표현이 떠올랐다. 내 머리카락이 쇠꼬챙이처럼 단단하게 일어나서 지금 내 뒤통수에 입술이 닿을 만큼 가깝게 붙어 있는 남자의 얼굴을 관통할 수 있다면 좋을 텐데.

내가 발을 움직이기 시작하자 남자의 손에서도 서서히 힘이 빠졌다. 아마 내가 체념을 한 상태로 돌아설 것이라고 생각한 모양이다. 나를 자신에게 조금이라도 위협을 가할 수 있는 존재로는 전혀 받아들이지 않는 것이 분명했다.

하지만 난 그렇게 순순히 백기를 흔들면서 항복할 생각은 없었다. 이런 상황에서는 어떻게 하더라. 지금까지 본 영화나 드라마, 만화, 혹은 책에서 이런 상황에 처한 인물이 어떻게 빠져나갔는지 기억을 떠올리려고 애썼다. 하지만 별다르게 떠오르는 것은 없었다.

이 남자를 내가 잠깐이나마 제압하려면 급소를 노리거나 확실하게 피해를 입힐 공격을 해야 했다. 그러려면 도구가 필요했다. 그런 용도로 쓰기에 아주 좋은 물건이 있긴 하지만 내가 지금 가방에 손을 집어넣으면 당연히 막으려고 하겠지.

이제라도 몸을 돌려서 남자의 얼굴을 바라본 다음 그가 기대하고 있을, 영화 같은 데서 자주 나오는 말이라도 해야 할까. 제발 살려 주세요, 못 본 척할 테니까 보내만 주시면 제가, 같은 단골 대사들. 나도 종종 쓴 적 있다. 저런 대사를 치면 대개 다음 장면에서 죽는다. 혹시 내가 지금 소리를 지르면, 그럼 김영헌이 뛰쳐나와서 나를 도와줄 수도 있지 않을까?

　세상에, 이젠 내가 그 인간한테 도움을 구해야 하는 거야? 아니, 잠깐. 혹시 가방에 들어 있던 인간이 김영헌이었나? 그 인간의 손이 어떻게 생겼더라. 머릿속에는 가방 바깥으로 빠져나와서 나를 향해 애타게 뻗어졌던 그 손밖에 떠오르지 않았다. 하얗고 빨간 게, 꼭 뱀 같았는데…….

"인혜 씨."

　다시 한번 그렇게 말한 남자가 나를 와락 자기 품으로 껴안았다. 그의 턱이 내 정수리에 닿은 것이 느껴졌다. 냄새 날 텐데. 머리를 마지막으로 감은 것이 거의 4일 전이었다.

　남자의 몸은 굉장히 따뜻하고 아늑했다. 남자의 품 안에 완전히 잠기자 가까이 있었어도 맡을 수 없었던 그의 몸에서 나는 냄새가 내 코를 찔렀다. 처음에는 땀내처럼 조금 불쾌한 듯했다가, 서서히 무언가 알 수 없게 편안하고 마음이 풀리게 만드는 안정감이 드는 냄새였다. 사람의 살냄새.

　그의 손이 서서히 움직이더니 팔뚝이 내 쇄골 부근을 스쳐 지나갔다. 팔에 조금씩 힘이 들어가면서 근육이 움직이는 것이 보였다. 남자는 내 목을 짓누르려 하고 있었다. 목을 조여 오는 힘이 느껴졌다. 그의 팔 힘이 얼마나 셌는지 내가 지금 다리에 완전히 힘이 빠져도 이 팔에 대롱대롱 매달리는 것이 가능할 정도였다. 남자의 다른 손이 천천히, 그러나 단단하게 내 머리통을 붙잡았다.

어느 순간 숨을 쉬는 것이 곤란할 정도로 기도가 조여졌다. 저항을 하려고 했지만 곧 온몸이 일순간 화끈거리듯 달아오르더니 서서히 모든 감각이 희미해지기 시작했다. 얼굴이 터질 듯 뜨거워지고 눈알이 자꾸 뒤로 넘어갔다. 입에서 침이 줄줄 새어 나왔다. 남자의 입술이 내 두피에 닿아 있는 것이 느껴지자 발끝에서부터 차오르기 시작한 무엇인가가 몸을 올라타고 나오려고 하는 것 같았다.

"……마."

귓가에서 누군가 속삭이는 듯한, 아마도 여자의 목소리 같은 가느다랗고 높은 소리가 들렸다.

곧 모든 것이 새까맣게 변했다.

2장 제물

짤랑짤랑.

 눈을 뜨자 내 눈 바로 앞에 황금빛을 내는 작은 방울 여러 개가 매달린 막대기가 흔들거리는 것이 보였다. 그리고 나를 뚫어져라 쳐다보고 있는, 무슨 무당이나 쓸 법한 방울 막대기를 손에 쥔 하얗고 멀끔한 얼굴도.

 "오, 깨셨네요."

 남자는 내 얼굴을 보고 환하게 웃더니 손가락을 더욱 부산스럽게 흔들면서 방울을 다시 흔들었다. 입술이 건조했다. 입에 무슨 끈 같은 것으로 재갈이 물린 상태였다. 숨을 쉴 때마다 벌려진 입 사이로 바깥 공기가 들어왔다. 입 안쪽의 살이 마르면서 팽팽하게 당겨 오는 것이 느껴졌다.

"정신이 들어요? 다행이다. 이 방울이 영혼을 깨워 준다고 하던데."

남자가 눈 밑의 살이 도톰하게 접히도록 예쁘게 눈웃음을 치더니 손에 들고 있던 방울을 바닥에 내던졌다. 바닥에 방울이 떨어지고 요란한 소리가 울려 퍼지자 온몸이 움찔거렸다.

새까만 텔레비전 화면에 내 모습이 비쳐 보였다. 팔과 다리가 모두 식당에서 가져온 듯한 하얀 의자에 단단하게 묶여 있었다. 가만히 보니 손을 묶은 끈들은 모두 넥타이였다. 내 왼쪽 손에 묶인 넥타이의 형형색색의 패턴이 어딘가 눈에 익었다. 분명히 예전에 김영헌의 작품에서 소품으로 쓰였던 넥타이였다. 남자 주인공의 애착품이라는 설정이었던 명품 넥타이였다. 촬영이 끝나고 나서 갑자기 흔적도 없이 사라졌다고 소품팀에서 난리가 났었는데, 염치도 없이 그걸 챙겼구나.

벗어날 수 있을지 가늠하기 위해 손목을 흔들어 보았지만, 피가 쏠려 피부가 빨갛게 변할 정도로 손목이 강하게 묶인 상태였다. 그래도 앉아 있는 의자의 쿠션이 굉장히 푹신해서 엉덩이는 편안했다.

"사람 목 졸라서 기절시키고 그러는 거, 영화나 드라마에서는 쉽게 나오잖아요. 그런데 엄청 어려워요. 뭐랄까, 기술을 터득해야 한다고 해야 하나. 그리고 사실 마음대로 되는 게 아니기도 하고요. 운 나쁜 경우도 많아요."

 목을 조른 순간, 내가 죽거나 운 좋게 기절하거나 둘 중 하나였다는 말이군. 참고로 나는 몰랐다, 진짜로 목을 조르는 것으로 사람이 기절하게 될 줄은. 그리고 살면서 사람에게 목이 졸려 볼 줄은.

 혹시 내 표정이 지금 험악해 보일까? 목에 힘이 빠지면서 자꾸만 고개가 아래로 내려가려 했고 남자가 나와 가깝게 서 있었기 때문에 자연스럽게 눈을 위로 치켜뜬 상태로 바라볼 수밖에 없었다. 거기다 입은 쩍 벌어지고 머리는 산발이었다. 험악해 보이면 안 될 텐데. 남자의 신경을 거스르고 싶지 않았다.

 웃어야 할까? 자기는 웃는데 내가 웃고 있지 않으면 마음이 상할지도 모른다. 지금이야 웃고 있지만 조금이라도 신경에 거슬리는 일이 생기면 어떻게 변할지 모른다는 생각에 두려웠다. 기절하기 직전, 남자의 팔이 내 목을 조른 순간에 느꼈던 감각이 아직도 생생했다. 그때 연결된 몸을 타고 울리던 남자의 맥박에 내 숨소리가 완전히 덮여서 끊겼던 순간의 느낌도.

 말을 하고 싶었다. 그렇지만 입 밖으로는 제대로 알아들을 수가 없는 옹얼거리는 옹알이밖에 나오지 않았다. 침이 줄줄 흘러넘치는데 입안은 가파르게 말라 가고 있었다. 목구멍이 점점 아파 왔다. 난 내 눈빛이 최대한 간절하고 진실되게 보이기를 바라면서 남자를 계속 바라봤다. 그는 내 눈을 조금도 피하지 않고 쳐다보더니 팔짱을 끼고 짝다리를 한 상태에서 날 위아래로 훑었다.

남자의 얼굴에 번진 미소는 점점 흐릿해졌다. 좋은 징조는 아닌 것 같다. 남자가 나를 향해서 발을 내디뎠다. 양말도 신지 않은 맨발이 눈에 띄었다. 그의 다리 뒤편으로 구두 한 켤레가 가지런히 소파 앞에 놓여 있었다. 남자의 발가락 근처에는 빨간 생채기가 있었다. 지금까지 줄곧 맨발에 구두를 신고 있었던 모양이다. 잠깐, 내 칼은 어디 있지? 혹시 들켰나.

눈알을 굴리자 칼이 들어 있는 내 가방이 그 상태 그대로 소파 위에 아무렇게 널브러져 있는 게 보였다. 일단 칼의 존재를 들키진 않은 듯해 짧은 안도감이 들었다. 테이블 위는 치운 모양이었는데, 무언가 올려져 있었다. 테이블 위의 물건을 자세히 보려고 하는데 남자가 가까이 다가와 내 시야를 가렸다. 그를 피해서 물러나고 싶었지만 도망칠 구석이 없었기에 난 고작 발가락만 움찔거렸다. 눈을 감고 싶었으나 그럴 수 없었다. 무슨 일이 벌어지든 일단 눈에 담아야 했다.

"인혜 씨, 고개 좀."

차가운 손가락이 내 뺨에 닿았고 난 살에 닿는 그의 손길이 역겨운 티를 내지 않으려고 애썼다. 그래도 몸이 떨리는 것은 막을 수 없었다. 남자의 손가락이 내 볼살과 끈 사이를 파묻고 들어왔다. 곧 끈이 입에서 빠져나왔고 턱 밑으로 내려갔다. 난 크게 숨을 한 번 내쉰 다음 바로 입을 다물고 침을 삼켰다.

입을 닫으니 이젠 코에서 콧물이 흘러내리면서 입안으로 새어 들어갔다. 혀에서는 짠맛이, 목구멍에서는 피 맛이 나고 있었다. 남자의 엄지손가락이 내 인중을 훑었다. 그의 손가락에 묻은 콧물이 걸쭉하게 쭉 늘어나면서 나의 코끝에 매달렸다.

남자는 이렇게 될 거라고 예상을 못 했는지 나의 코와 그의 손을 연결하고 있는 투명한 액체를 멍하니 쳐다봤다. 내가 고개를 돌리고 어깨에 코를 닦자 콧물이 끊어졌다. 자신의 몸에서 최대한 떨어진 상태로 어정쩡하게 허공에 멈춘 채로 가만히 있던 그의 손은 곧 내 바지로 향했다. 그가 콧물을 닦자 바지에 자국이 남았다.

난 바지에 남은 자국에 시선을 고정했다. 말도 안 되는 일이었지만, 그 순간 나는 웃음을 참으려고 굉장히 애를 썼다. 남자가 콧물을 닦은 손으로 머리를 긁으려고 하다가 순간 멈췄다. 그리고 다른 쪽 손으로 뒤통수를 잡더니 어색하게 웃었다.

"감사합니다."

그의 말을 듣자마자 결국엔 참지 못하고 웃음이 터져 나왔다. 아니, 내가 거기다 대고 달리 무슨 반응을 하겠는가. 입을 벌리고 웃다가 목구멍에 공기가 잔뜩 들어가서 여러 번 기침을 했다. 마치 목 안에 볏짚이

가득 들어차 있는 것 같았다.

나는 미소를 지으며 남자에게 말했다. 그가 내 말을 들어 줄 거라는 이상한 확신이 차올랐다.

"저 목말라요."

일단 목부터 좀 축이자.

*

남자, 아니 인유가 염소에게 젖병을 물리는 것처럼 내 입에다가 바로 물병을 꽂아 버리는 바람에 물이 턱을 타고 흘러내리면서 옷 안쪽으로 들어갔다. 내 목을 타고 들어간 물보다 더 많은 양의 물이. 그래도 고맙다는 말을 잊어버리지 않았다. 물론 웃는 얼굴로.

"고마워요."

"먹을 것도 드릴까요?"

"아뇨, 괜찮아요."

사실 배가 고프긴 했지만 지금은 살려고 마신 물도 다 토해 낼 것 같은 기분이었다. 인유는 어린애를 달래기라도 하는 것처럼 내 팔에 손을 얹고 있었는데, 그렇게 상냥한 척을 하면 내가 겁을 덜 먹을 것이라고 생각하는 건지 도저히 팔을 치울 생각이 없어 보였다.

이렇게 가까이서 보니 정말 어려 보였다. 좀 염려가 될 정도로. 사람을 납치해서 가방에 집어넣는 정도의 만행을 저질러야 할 나이는 확실히 아니었다. 배우라는 것은 거짓말인 것이 분명했고, 직업이 있기는커녕 어쩌면 학생일지도 모른다는 생각이 들었다. 앞에 앉아서 맑은 눈빛으로 날 쳐다보는 청년과 김영헌 사이의 접점을 어떻게든 추리해 봤지만 떠오르는 것은 없었다.

"많이 놀라셨죠."

그가 내 팔뚝을 지그시 붙잡더니 살살 흔들고는 위아래로 쓸었다. 마치 이제 모든 것이 해결되었으니 안심하라고 나를 달래려는 것처럼.

"제가 확실하게 말씀드리고 싶은 게 있는데, 인혜 씨를 아무런 이유도 없이 해치고 싶은 마음은 전혀 없어요."

와, 정말? 다행이다. 그럼 이제 우리 둘이 술 마시고 놀까? 상도 이미 차려져 있겠다. 가방에 들어 있는 저 사람도 꺼내서 같이 노래방이나 가자. 아니지, 나도 아예 그냥 저 가방에 들어갈게. 네가 우리 둘 다 끌고 가 주면 안 되냐, 누나가 힘들어서 더 이상 못 걷겠다. 물론 일단 손부터 좀 내 몸에서 치우고, 이 개새끼야.

분노에 가득 찬 마음속 독백이 텔레파시로 들렸는지 인유가 마침내 손을 치웠다. 그리고 머리를 긁적이면서 말했다.

"그…… 목 조른 건……."

인유가 변명을 덧붙이려고 한 건 궁금하지도 않았다. 괜히 또 상황을 질질 끌고 싶지 않아 대놓고 물었다.

"감독님 죽였어요?"

그의 조잘거리던 입이 갑자기 닫혔다. 살짝 충격을 받은 듯한 표정이었다, 내가 자기 부모에 대한 농담이라도 한 것처럼. 난 이번에는 더욱 세게 쏘아붙였다.

"가방에 들어가 있는 거, 그건 누구예요?"

스스로도 믿기지 않았지만 난 김영헌의 팔이 어떻게 생겼는지는 잘 모른다. 본 적이 없지는 않을 텐데 기억에 남아 있지가 않다. 하지만 이것만큼은 확실했다. 그 가방 안에 들어 있던 팔은 여자의 팔이었다. 아무리 김영헌이 마른 체질이고, 내가 모르는 사이에 마약에 빠져서 체중이 반 토막이 났다고 해도 그 팔이 남자의 팔일 수는 없었다. 그러니까 지금 이 집 안에는 나를 제외하고도 최소 두 명의 인질, 혹은 시체가 있는 셈이었다. 남자는 여전히 대답이 없었고, 난 다시 물었다.

"감독님 죽인 거 맞아요?"

왜 내가 아직도 그 인간을 '감독님'이라고 칭하는 걸까. 이제 더 이상 난 김영헌과 업무 얘기를 하려고 찾아온 척, 정상인인 척을 할 필요도 없는데.

차라리 지금이라도 나도 감옥 갈 생각 하고, 아니 목숨까지 걸 각오를 하면서 김영헌을 죽이려고 여기까지 왔고 그 인간이 어찌 되든 상관없다고, 내가 김영헌과 어떤 관계였고, 어떻게 나를 착취했고, 내 작품을 훔쳤고, 나는 배신당했고 어쩌고저쩌고…… 그렇게 구구절절 해명하면 상황이 그나마 좀 나아지려나.

정확하게 무슨 일이 벌어지고 있는지는 몰라도 서로의 만행을 눈감아 주는 조건으로 협약이라도 맺으면 무사히 돌아갈 수 있을지도 모른다. 엄밀히 따지자면 난 아직 아무것도 하지 않았으니 그가 나를 풀어 줘서 얻을 이득은 별로 없겠지만.

만약에 그가 모종의 이유로 김영헌을 노렸고, 지금 가방 안에 갇혀서 죽을 고비를 간신히 넘기고 있는 하얀 팔의 소유자가 김영헌과 관련된 인물이라면? 김영헌처럼 죽어도 마땅한 인물이라면? 그렇다면 상황은 정말 어떻게 해결을 해 볼 엄두가 나지 않을 정도로 복잡해진다.

김영헌이 겪을 고통을 생각해 보면 난 손도 안 대고 코를 푸는 격이지만 그와 동시에 정말이지 운이 억세게 없는 꼴이었다. 그 맹렬한 의지로 개고생을 자처하며 여기까지 오는 고행을 한 대가가 이거라니. 그러니까 그냥 가만히 집에 처박혀 있지 그랬냐, 그럼 네가 없었어도 어찌어찌 해결이 될 텐데. 누군가 내 귀에 그렇게 속삭이는 것 같았다.

목에 대롱대롱 매달린 넥타이에서 은은한 향수 냄새와 내 침 냄새가 섞여서 코를 타고 올라왔다. 구역질이 나올 것 같다.

"왜 죽인 거예요?"

내 질문에 갑자기 몸을 일으킨 인유가 내 어깨에 양손을 얹고 얼굴을 가까이 들이밀었다. 그 순간 머릿속의 모든 잡생각들이 사라졌다. 내 앞에 다가온 얼굴이 훤했다. 반짝거리는 검은 눈동자, 떨리는 입술, 살짝 분홍빛이 도는 뺨. 내가 한 말의 어떤 부분이 그런 흥분을 불러일으킨 것인지 전혀 이해가 되지 않았다. 진심으로 두려웠다.

"말씀해 드릴까요?"

"뭘요?"

오롯이 진심, 어쩌면 이상한 열망이 담긴 질문이었다. 뭐? 뭐라고 하는 거야?

"제가 왜 여기 왔는지."

하지만 내가 물어본 것은 그게 아니었는데. 갑자기 몸에 진동이 느껴졌다. 어깨에 올려진 두 개의 단단한 손에서부터 전해지는 여파였다. 인유가 혀를 살짝 내밀고는 입술을 한 번 축였다.

"카르마 플레이라고 아세요?"

순간 어떻게 반응해야 할지 몰라 눈만 깜빡일 수밖에 없었다.

"영화요?"

"네, 그러고 보니 멍청한 질문이네요, 당연히 아실 텐데. 감독님하고 같이 일한다고 하셨으니까."

난 동의의 의미로 고개를 작게 끄덕였다. 그가 내 어깨에서 손을 치우고 자신의 골반에 손을 올린 다음 짝다리를 짚은 상태로 꼿꼿하게 섰다. 입가에는 애매한 미소가 걸려 있었다.

"거기에 나오는 주인공 있죠, 그……."

"진화."

"네, 진화."

인유가 손가락 하나를 세우더니 자신을 향해 가리켰다.

"그게 저예요."

하나도 이해가 되지 않았고 더 이상 웃을 힘도 없었다. 내 얼굴은 서서히 일그러졌다. 그러거나 말거나 인유의 밝은 표정에는 흐트러짐이 없었다. 강연을 하는 사람처럼 이리저리 발을 옮기면서 손을 마구 흔드는 모습을 보니 신이 난 것이 확실했다.

"진화가 겪은 일들 다, 저한테 똑같이 벌어졌던 일이거든요."

그렇게 말하는 그의 표정은 반듯했고, 목소리에는 일말의 조롱이나 아이러니의 흔적이 없었다. 완전히 진심이었다.

"그러니까 감독님이, 제 이야기를 영화로 만드신 거죠."

결국 이 모든 난장판의 진상은 그거였다. 영화에 광적으로 집착하는 망상증 환자가 벌인 소동. 그래도 도대체 무슨 일이 벌어지고 있는 것인지 전혀 파악이 되지 않던 몇 분 전보다는 심신이 안정되는 기분이었다.

2장 제물 103

상황이 나아지거나 해결된 것은 조금도 없었지만.

"처음엔 진짜 안 믿겼어요. 그냥, 시간 때우려고…… 아니, 아는 사람이 갑자기 영화를 보러 가자고 하는 바람에 아무 생각 없이 그냥 따라간 거였거든요? 사실 그렇게 친한 사이도 아니었고, 조금 귀찮고 성가시다고 생각했던 사람이었는데. 처음엔 거절하려고 했어요. 영화를 공짜로 보게 된다고 해도 영화가 끝나면 그 사람이랑 밥을 먹으러 가고 대화도 해야 하니까 그게 너무 싫은 거예요. 뭐, 결국엔 거절 못 해서 따라갔죠. 그런데 처음부터, 그…… 집이. 그 집에서 의식을 하는 장면을 보는 순간에 심장이 철렁 내려앉더라구요, 정말로. 아니겠지. 기분 탓이겠지. 그렇게 생각했어요. 왜 어린 시절 일들은 시간이 지나면 잊히고, 꿈에서 본 게 아닌가 싶을 정도로 희뿌옇게 되잖아요. 그런데 영화를 보면 볼수록 그 기억이 다시 선명해지고, 뭐라고 해야 할까, 다시 밀려오기 시작했어요. 엄마랑 저랑 영화처럼 그렇게 살았거든요. 집도 없이, 트럭을 타고 돌아다니면서……."

장황하게 말을 이어 나가던 그는 이야기가 진행될수록 점점 다른 곳으로 시선을 돌리기 시작하더니 마지막에는 아예 먼 곳을 바라보고 있었다. 갑자기 홀로 다른 공간으로 이동한 것처럼.

"잠깐만요, 그러니까 영화 속 이야기가 실화라구요?"

당황스러움을 감추지 못한 나의 말에 마치 육체를 버리고 영혼만 다른 곳으로 떠난 것처럼 보이던 그가 서서히 내가 있는 세상으로 돌아왔다. 반짝이는 눈동자가 다시 탁한 검은 구멍으로 변했다. 그가 성큼성큼 걸어서 가까이 다가오더니 내 손목을 붙잡았다.

"이해가 되세요, 제가 무슨 말 하는지?"

또다시 내가 물어본 질문과는 전혀 상관이 없는 대답이었다. 대화를 할 생각은 없는 것 같았다. 미친놈이 다 그렇지. 입술을 깨문 나는 내가 해야 할 다음 대사를 잠깐 고민했다. 아주 짧게.

"네, 알아요."

"이상하다고 생각하셔도 이해해요. 믿기 힘드실 테니까."

"어……."

"믿기 힘들죠."

인유가 우는 얼굴을 흉내 내는 표정을 짓더니 발을 움직였다. 우리 둘 사이의 거리가 엄청난 속도로 좁혀지고 있었다.

"하지만 정말이에요."

어느새 내 앞에 쭈그리고 앉은 그의 손가락이 내 손가락 사이를 파고들었고, 난 그와 깍지를 낀 상태로 서로의 눈을 바라봤다. 우리 둘 사이에 조금 긴 정적이 흘렀다. 아무래도 다른 사람의 신체를 만지기 전에 동의를 먼저 얻어야 한다는 사실을 모르는 것 같다. 아님 일부러 그러는 건가. 날 시험하려는 의도로? 내가 아무 개소리나 하는 것을 그가 눈치

챘는지는 확실하지 않았다.

"끔찍하죠, 진짜로 그런 일이 현실에도 있었다는 거. 그렇죠?"

"솔직히 믿기 힘드네요, 좀."

이 말을 하는데 내 안의 모든 용기와 결단력이 필요했다. 바로 그의 미간이 찌푸려지자, 역시 실수를 했나 싶어 황급히 그에 대응하는 말을 가져다 붙였다.

"그래도, 좀 더 설명을 듣고 싶어요."

"정말요?"

"네, 그런 끔찍한 일을 가지고 거짓말을 할 사람은 없으니까……."

"도저히 믿기지 않는 말을 하더라도?"

은근슬쩍 내뱉은 반말, 치켜올린 눈썹, 한쪽 입꼬리만 살짝 올라간 미소. 마치 수업 시간에 부적절한 농담을 던지는 중학생 같은 태도였다. 저 얼굴에 익숙해지면 익숙해질수록 이상하게 두려움이나 압도감은 서서히 옅어지고 있었다. 분위기만 보면 그저 지극히 평범한 남자애와 대화를 나누고 있는 것 같았다. 물론 아직 목에 통증이 남아 있었기에 저러다 갑자기 위협적인 행동을 보일지도 모른다는 걱정이 아예 없지는 않았지만.

"그럼 인유 씨 어머니가……."

"저희 엄마, 네, 미친 사람이었죠."

"영화처럼?"

"네."

글쎄, 그냥 미친 사람이라고 하는 건 확실히 절제된 표현이지. 미친 사람이자 범죄자였고 광신도였으니까. *내가* 카르마 플레이에서 진화의 엄마가 저지르게 만든 범죄는 다음과 같다 : 주거 침입, 폭행, 강도, 연쇄 살인, 방화, 납치.

내가 공모전에 내기 전에 고민 끝에 삭제한 분량에서 진화의 엄마는 악령에 씌었다고 확신한 열 살짜리 남자애를 납치해서 진화의 손으로 직접 죽이게 만들려고도 했다. 희생양이 되는 남자애가 진화와 똑같은 나이의 아이라는 설정을 활용해서 진화가 어느 정도 자신이 처한 상황의 비정상적인 폭력성을 깨닫고 엄마의 정신상태를 의심하면서 서서히 그 영향에서 멀어지고 싶게 만들려는 의도로 쓴 것이지만, 아무래도 대중성을 따져야 하는 심사위원들이 별로 달가워하지는 않을 것 같아서 빼냈다. 솔직히 어린애가 어린애를 죽인다는 것이 좀 엽기적인 느낌이 있어서 작품의 진지한 분위기를 망치기도 하고.

호러-스릴러 장르에서 이 정도 범죄야 어느 정도 기본 소양이지만, 현실에서, 그것도 대한민국에서 실제로 이런 유형의 범죄자가 있었다면 대서특필감이다. 범인이 잡히지 않았다고 하더라도 연쇄 살인이라면, 특히나 피해자 중에 아이나 일가족이 있는 사건이라면 언론이나 텔레비전 프로그램, 하다못해 유튜버라도 관심을 가졌을 것이다. 그러니까 그가 하는 말이 사실이라면 내가 모를 일이 없다는 소리다. 게다가 영화 속 설정에 따르면 엄마는 분명…….

"경찰에…… 신고도……."

영화에서 가볍게 언급되는 설정에 따르면 엄마는 진화의 신고로 인해 결국 경찰에게 꼬리가 밟힌다. 내 각본에서는 그 상황을 더욱 구체적으로 설명하는 장면들이 여러 개 있었다.

엄마가 처음으로 자신이 저지르는 범죄에 직접적으로 동참하라고 강요한 순간, 그 손을 뿌리친 진화가 도망을 치고 그대로 엄마를 피해 달려간다. 허름한 옷을 입고 피가 튄 얼굴과 맨발로 아스팔트 도로를 마구 달려가는 남자아이. 곧 순찰을 돌던 경찰차가 진화를 발견하고 차에 태워 경찰서로 데려간다.

진화가 고해 성사를 하고 나면 경악한 경찰관들은 범죄 현장으로 돌아가고, 그곳에서 피범벅이 된 상태로 가만히 진화를 기다리고 있던 엄마를 발견한다. 그리고 당연히 진화의 엄마가 저지른 범죄는 여러 방송 매체에 보도가 된다.

여성 연쇄 살인범, 거기다 아마도 제정신이 아닌 것이 분명한 광신도. 이 조합에 대중이 관심을 가지지 않는 것은 어렵다. 심지어 범죄자의 유일한 가족인 진화의 신상을 알아내기 위해 기자들이 눈에 불을 켜고 달려든다. 진화가 세상에서 흔적을 남기지 않고 살아가려는 이유도 그것이다.

하지만 영화에서는 진화의 어린 시절이 눈에 띄게 축소되면서 많은 디테일들이 그대로 사라졌고, 진화의 엄마는 단순히 악령에게 패배를 당한 다음 이제 자신에게 남은 힘이 얼마 없다는 사실을 뼈저리게 깨닫는다. 자신이 구하지 못한 사람의 시체를 눈앞에 두고 있던 그녀는 더 늦기 전에 진화만이라도 자신이 처한 상황에서 내보내기 위해 진화에게 자신이 실수를 했고, 저 사람에겐 애초에 악령이 없었다고 거짓말하며 경찰에 신고를 하도록 시킨다.

진화는 경찰에 전화를 걸고, 도망친다. 이후로 영화에서 엄마는 더 이상 나오지 않는다. 결국 그녀의 운명이 어떻게 되었는지도 알 수 없다. 김영헌의 이야기에서 그녀는 전형적인 모성의 화신이다. 몸의 모든 세포가 희생과 헌신으로 이루어진. 내 각본에서는 이후 진화가 과거를 회상하는 플래시백으로 진화가 교도소에서 사망한 엄마의 시체를 마주하는 장면도 있었지만, 마찬가지로 영화에서는 나오지 않았다. 내가 시나리오를 쓸 때는 진화라는 인물에게 굉장히 중요하고 감정적인 장면인지라 공을 들여 썼지만, 아무래도 김영헌은 다른 의견을 가졌던 모양이었다.

인유가 천장을 쳐다봤다. 머리를 굴리고 있는 사람이 할 법한 행동이었다.

"네, 경찰에 신고했고, 교도소에 가셨죠. 그 뒤로는 만난 적도 없어요."

인유가 다시 나를 내려다보며 그렇게 말하는 순간 그가 나의 눈동자를 똑바로 쳐다봤다. 언젠가 사람이 거짓말을 하는 순간에는 거짓말을 듣는 상대방의 눈을 똑바로 본다는 얘기를 들은 적이 있었다. 자신의 말을 정말로 믿는지 궁금하기 때문에. 우린 서로의 눈을 마주 봤다. 그 짧은 순간, 확신했다. 난 그의 말을 조금도 믿을 수 없었다.

"진짜요?"

인유의 눈가가 움찔거렸다.

"그럼 언제요?"

"네?"

"신고 언제 했냐고요."

"제가 어렸을 때요."

"몇 살?"

인유가 어이가 없다는 듯이 웃었다. 난 진중한 표정으로 대답을 기다렸다. 그가 또다시 천장을 향해 눈을 돌렸다. 기억을 되돌려 보려고 노력 중이거나, 아니면 그럴싸한 거짓말을 생각하느라 부지런히 머리를 굴리고 있겠지.

"제가 한…… 열한 살?"

열 살. 열한 살. 그래도 한 살 차이는 났다. 완전히 똑같지는 않다.

"엄마가 저보고 악령을 처리하라고 해서, 했거든요. 그러고 나서 경찰에 신고했어요."

나도 모르게 주먹을 꽉 쥐었다. 목 근육에도 뻣뻣하게 힘이 들어갔다.

"제가 처음으로 처리한 사람이었거든요. 물론 경찰한테는 그런 얘기는 안 했지만."

난 그가 죽였다고 하거나 혹은 영화처럼 퇴마했다, 이런 말들을 쓰지 않고 모호하게 '처리'했다고 말한 것에 신경이 쓰였다. 인유는 그 말을 하면서 혀를 살짝 내밀고 웃었다. 너에게만 말해 주는 거니까 비밀을 지키라고 하는 것처럼, 장난스럽게. 서서히 심장이 뛰기 시작하면서 내 몸에 열이 올랐다. 혹시 그 처리한 사람의 나이가 몇 살이었냐는 질문이 목 끝까지 올라왔다. 난 그 질문을 간신히 삼켰다. 이 모든 것은 우연의 일치. 당연히, 그것을 굳이 확인할 필요는 없었다.

"그 영화를 적어도 열 번은 본 것 같아요."

인유가 기도하듯이 손을 포갠 다음 내 무릎 위에 올렸다. 난 다리 사이를 오므렸다.

"원래 돈을 그렇게 허투루 쓰는 편이 아닌데, 시간이 지나면 계속 영화의 장면들을 조금씩 잊어버리는 게 아쉬웠어요. 궁금한 질문이 많아서 GV에도 갔어요."

"GV요?"

"네, 그 영화감독이랑 배우 나와서 관객하고 소통하는 거요. 근데 좀 실망스럽더라구요. 가격도 비쌌는데."

"아, 그랬어요?"

다시 정적이 흘렀다. 난 인유가 GV에서 김영헌을 만난 다음 그가 했을 질문들에 대해서 말할 것이라고 생각했지만 그는 그냥 멀뚱히 날 쳐다보기만 할 뿐 아무런 말이 없었다. 어색한 분위기에 내가 먼저 입을 열려고 하자 그제야 그의 입이 다시 움직였다.

"그날 감독님을 쫓아서 여기까지 따라왔어요."

"안 들켰어요?"

인유의 손가락이 타자를 치듯이 내 무릎을 두드렸다.

"네, 그런 거 잘하거든요."

난 그가 도대체 무슨 일을 직업으로 삼고 사는지 궁금해졌다. 진화는 단순 노동직을 전전했는데, 그래도 그건 영화와 다른 모양이지.

마침내 내 무릎 위에 올려져 있던 손이 떨어졌고, 인유가 쭈그리고 앉아 있던 자리에서 일어나 살짝 뒤로 물러났다. 그가 나에게서 약간 멀어지자 아주 길고 조그마한 숨이 내 입에서 빠져나왔다. 그래도 목을 졸라서 한 방에 날 기절시킨 미친놈 앞이라 긴장이 되는 건 어쩔 수가 없었다.

"왜 따라갔어요?"

"감독님을 만나서 할 얘기가 있었어요."

"무슨 얘기요?"

인유가 눈을 내리깔더니 혀를 내밀고 입술을 축였다.

"어제가 제 생일이었어요."

질문과는 상관이 없는 딴소리에 짜증이 치솟았지만, 일단 참았다.

"축하해요."

그것 말고는 달리 할 말이 없었다. 인유가 피식 웃었다.

"이제 스무 살이에요."

내가 어서 자신의 말에 숨겨진 의도를 알아차리기를 바라는 것처럼 인유가 고개를 살짝 기울였고 난 머리를 굴리기 시작했다. 스무 살, 스무 살, 스무 살…… 그 단어가 내 머리에서 메아리처럼 반복됐다. 뭔가 석연치 않은 느낌이 드는 숫자였는데 그 이유가 무엇인지는 떠오르지 않았다.

스무 살, 더 이상 미성년자가 아닌 법적으로 성인이 된 나이, 교복을 입는 신세에서 마침내 벗어나는 나이, 이제 무엇이든 원하는 것을 먹고 마시고 보고 어디든 돌아다니며 자유를 만끽하는 나이. 그런 상투적인 생각이 드는 것을 보면 나도 어리다고 할 만한 나이가 지나긴 지난 것 같다.

"진화요!"

갑자기 쩌렁쩌렁 울리는 목소리에 놀라서 눈을 크게 떴다. 인유가 묘기를 선보인 마법사처럼 양손을 펼친 다음 옆으로 뻗더니 어깨를 으쓱거렸다.

"혹시 영화 내용 잘 몰라요?"

"네? 네, 뭐 알긴 하는데……."

"그럼 이걸 모를 리가 없는데."

"근데 본 지 좀 돼서 내용이 잘 기억이 안 나요, 사실."

그 말은 거짓말이었다. 극장에 가서 영화를 보지는 않았다. 내 돈이 김영헌에게 한 푼이라도 가는 것은 절대로 용납할 수 없었기 때문에. 그렇지만 인간적으로 내 각본이 어떻게 영화로 만들어졌는지 궁금한 것은 어쩔 수가 없었다.

결국 난 호기심을 참지 못하고 영화가 스트리밍 사이트에 공개된 날 피시방으로 향했고, 내 각본을 떠올리면서 장면 하나하나를 비교하며 보던 와중 영화가 내 각본에서 크게 다른 점이 없다는 사실에 광분한 나머지 피시방에서 발을 구르다가 욕을 바가지로 먹고 퇴장했다. 그러니까, 엄밀히 말하자면 분에 가득 차서 러닝 타임이 1시간 30분 정도 되는 영화를 멈추고 다시 재생하고 다시 멈추고를 반복하느라 네 시간에 걸쳐 봤지만 일단 보기는 했다. 그렇지만 남자가 또 무슨 이상한 헛소리를 할지 파악이 되지 않는 상황이라 어느 정도 모르는 척을 해야겠다는 생각이 들었다.

발을 빠르게 움직이며 성큼성큼 걸어간 인유가 소파에 풀썩 주저앉더니 테이블 위에 올려진 물건을 만졌다. 이제야 그것이 무엇인지 정확하게 볼 수 있었다. 검은 자루였는데, 안에서 자루와 똑같은 색깔의 니트릴 장갑 두 개가 빠져나왔다.

"딱 스무 살이 되는 해에 영화가 개봉을 한 거죠."

인유가 니트릴 장갑을 하나씩 손에 씌웠다. 고무가 살에 붙으면서 경쾌한 소리가 났다.

"제 인생을 베낀 영화가."

난 기억을 되살려서 머릿속에서 엉망진창으로 떠오르고 있는 영화 속의 장면들, 그리고 내가 비몽사몽한 상태로 꿈을 강령해 내며 각본을 쓰면서 머릿속으로 상상하고 또 상상했던 장면들을 다시 헤집었다. 열아홉 살, 자신이 과거에서 탈출했다고 생각했던 진화가 다시 발목을 붙잡히는 시기, 영화의 사건들이 진행되는 시작점이었다. 아주 선명하게 떠오르는 것이 있었다.

어린 시절의 진화가 엄마와 함께 종교 집단에서 탈출하는 긴박하고 피가 튀기는 오프닝 시퀀스 이후로 곧바로 성인이 된 척 봐도 상태가 그렇게 좋아 보이지는 않는 진화가 음울한 열아홉 번째 생일날 편의점에서

2장 제물

훔친 빵을 허겁지겁 먹은 후에 자신이 지내는 고시원의 좁고 좁은 방으로 돌아간다. 그리고 좁은 방 안에는 방 안의 모든 물건들을 치우고 의자 하나만 덩그러니 남긴 다음 자신을 기다리고 있던 사람들이 있었다.

종교의 '도구'인 엄마의 뒤를 여전히 집요하게 쫓고 있던 자들은 부정의 말을 내뱉는 진화를, 그들이 간절하게 숭배하고 원망했던 메시아의 유일한 핏줄을 의자에 묶어서 고문한다. 그들은 엄마의 죽음을 믿지 않는다. 그럴 리가 없다. 그들은 용납할 수 없다. 고문이 점점 심해지면 심해질수록 진화의 환영과 환상도 커진다. 사방에 들리는 목소리들과 번쩍거리는 불빛, 갑자기 날이 밝아진 것처럼 빛나는 창문, 무언가 깨져 부서지는 듯한 소리. 유리로 만들어진 날개를 움직이면서 날아가는, 투명한 푸른색의 새. 그때 누군가 진화의 등 뒤에서 방문을 연다.

거기까지 생각한 순간, 인유가 장갑을 낀 손으로 무언가를 찾는 듯 자루를 뒤적거리기 시작했다.

"무슨 계시 같죠."

그는 자루에서 끝이 예리하게 날이 선 기다랗고 얇은 못 하나를 꺼냈다. 방금 구입한 물건처럼 깨끗했다.

"악령이니 뭐니, 전 그런 거 전혀 안 믿어요. 영화에서야 어쨌든, 애초에 제 인생이 이렇게 된 게 엄마가 이상한 종교에 홀려 가지고 그딴 미신을 진짜라고 믿어서 그런 거였으니까. 나중에 절 데리고 탈출했다고 해도, 결국엔 완전히 종교를 놓아 버리지 못했어요. 영화처럼. 당연한 소리지만 전 감독님이 무슨 특별한 능력이 있어서 저에 대해 알고 있는 거라고 생각하지도 않아요."

반짝거리는 못 세 개가 나란히 테이블 위에 올려졌다. 난 넥타이에 단단히 묶인 내 양손을 내려다봤다. 진화가 고문을 당한 순간에 쓰였던 도구들과 유사했다. 믿지 않는다고 하면서 정작 영화의 모든 것을 차용하고 있는 모습이 의심스러웠다.

어쩌면 영화의 내용에 의문을 품고 김영헌을 목도한 다음 그와 정말로 대화를 나누었고, 그로 인해 마음의 변화가 있었던 게 아닐까. 아니, 어쩌면 변화가 전혀 없을지도. 엄마와 관련된 얘기를 하는 목소리가 그 전과는 다르게 미묘하게 떨리는 것을 보면 그냥 내가 자기를 미친 사람처럼 보는 것이 신경이 쓰여서 이성적인 척을 하는 것 같기도 했다.

인유가 몇 번 기침을 하면서 목소리를 가다듬었다.

"절대로 그 사람이 몇 년을 혼자서 각본을 고치고 또 고치면서 완성한 영화는 아니라는 거죠. 분명 누가 저와 엄마에 대해서 알려 줬을 거예요."

김영헌은 영화가 개봉하고 인터뷰를 할 때마다 주야장천 2년의 구상, 3년의 집필 시간이 필요했다고 주장했다. 대형 배급사는 각본을 흥미롭게 봤지만 너무 마니악한 취향이라 망설였고, 결국엔 자신이 받는 돈을 줄이기까지 하며 간신히 투자를 받아 제작했다고. 물론 2년의 구상, 3년의 집필 시간은 순수한 거짓말이고, 투자와 관련해서는 적당한 비율의 진실이 섞여 있을 것이다. 요즘에는 모든 사람들이 언더독이 되고 싶어 하니까.

"여전히 그 종교를 숭배하는 사람들이 있어요, 확실해요. 웃긴 거 말해 줄까요? 그 사람들은 저희 엄마가 순교자라고 생각해요."

아니, 도대체 어떤 종교가 뒤통수를 치고 도망간 배신자를 순교자라고 부른다는 것인가. 애초에 내가 카르마 플레이를 위해 만들어 낸 가상의 사이비 종교는 그냥 뉴스 기사 몇 개만 읽고 대충 기독교를 기초로 해 30초 만에 만들어 낸 것이라 현실의 종교와 관련이 없다는 문구도 영화에 넣을 필요가 없을 정도로 허술하고 조잡했다.

악령이 존재하고, 그것을 퇴치하는 능력을 지닌 사람들이 존재한다. 종교의 목표는, 표면적으로는 악령을 퇴치하는 것이지만 종교는 오히려 악령이라는 강력한 존재를 이용해서 사람들을 조종하려는 간악한 계획이 있었다. 아주 두루뭉술하고 어디서 많이 들어 본 느낌이지 않은가. 플롯을 진행시키기 위한 악역이 필요하니까 만들어 낸 종교에 불과하지 어떤 비판적인 메시지를 전달하려고 그런 설정을 만들지는 않았다.

솔직히 귀찮기도 했고, 딱히 해석이 가능할 만큼의 깊이는 없었다. 아마 작가인 내가 깊이가 없어서 그런 거겠지. 종교는 최종 빌런도 아니고 사실 사건을 진행시키기 위한 도구에 불과했다. 심지어 그렇게 강력하지도 않았다. 거치적거리는 종교인들이 이후에 악령을 소환까지 하지만, 결국 진화와 동료들은 최종적으로 악령과 대적을 해 성공적으로 퇴치를 해내니까. 심지어 영화에 종교 이름은 따로 나오지도 않는다.

관객평을 보면 그걸 깊은 뜻으로 의도한 것이라고 생각한 사람도 있는 모양인데 전혀 그렇지 않다. 사실 나중에 혹시 일이 복잡해지는 것이 걱정되어 종교명을 따로 부여하지 않은 것뿐이다. 존재하지도 않는 진화가 곧 자기 자신이라는 그의 말보다 저따위 종교가 실제로 존재하고 그걸 또 진지하게 믿는 사람이 있다는 사실이 더 믿기 힘들었다.

"그럼 감독님이 그런 사람들 중 하나라는 말……?"

"글쎄요."

인유가 어깨를 으쓱거렸다. 자루에서 묵직해 보이는 망치 하나가 빠져나왔다. 망치의 머리 부분에 갈색 자국이 묻어 있었다.

"만약에 아니라고 해도, 엄마에 대해서 알고 있는 누군가가 이야기를 해 준 게 틀림없어요. 목적이 무엇인지는 모르겠지만 일단 찾아내기만 하면 알 수 있겠죠."

"근데 그 사람들은 왜 찾아요? 찾아서 뭘 하려고?"

아주 진심이 어린 질문이었다. 아니, 나 같으면 어떻게 해서든 멀리 떨어져 있으려고 하겠다. 종적을 감추거나 아님 아예 나라를 뜨든지.

인유가 뭐 그런 질문을 하냐는 듯이 웃었다.

"적을 알아야 이기죠."

"그럼 복수?"

"재밌으시네."

이야기를 하는 내내 시종일관 웃는 얼굴이던 그는 그 말을 하는 순간에는 완전히 굳은 표정을 했다.

"감독님하고 나름 대화를 시도하긴 했는데, 별다른 소득이 없었어요. 계속 정신을 못 차리고 이상한 소리만 하셔서."

그의 말에 내 시선은 자연스럽게 테이블로 향했다. 그 위에 가지런히 모여 있던 하얀 가루는 자루에 깔려 보이지 않았다. 불쌍한 새끼, 한껏 즐기고 있다가 훅 가 버렸구나.

"그래서 죽였어요?"

"아뇨, 다른 방에 계세요. 원하는 걸 얻지도 못했는데 죽이면 낭비죠."

그렇다면 가방 안에 들어 있는 사람은 누구지? 난 물어보려고 했지만 인유가 마지막으로 테이프를 꺼내더니 장갑을 다시 꼼꼼하게 정리하고 나를 향해 걸어와서 아무런 말도 할 수 없었다. 그의 오른쪽 손에는 망치가, 왼쪽 손에는 기다란 못 하나와 테이프가 들린 상태였다.

"감독님은 조금 휴식이 필요하기도 하고, 또……."

그가 왼손을 뻗자 못의 날카로운 끝이 나를 향했다.

"생각해 보니까 인혜 씨가 딱 좋은 타이밍에 오셨고."

난 발가락을 한껏 오므린 채 손가락을 구부리고 주먹을 쥐었다.

"제가요?"

"네, 감독님이 딱 기절하신 타이밍에 감독님 최측근이라는 분이 오셨잖아요."

"뭐, 최측근까지는……."

"감독님에 대해서 많이 알고 계신 것 같은데, 제가 촉이 좀 좋아요."

촉이 좋은 것은 인정해야 했다. 생각해 보니 지금 이 집에서 가장 운이 좋은 사람도 인유였다.

"솔직히 너무 짜증 났거든요? 눈치를 아무리 줘도 갈 생각을 안 하셔서."

인유가 내 앞에서 무릎을 굽혀 몸을 숙이고는 나와 눈을 마주쳤다.

"그런데 어차피 다 이렇게 될 운명이었나 봐요."

테이프와 못이 바닥에 떨어졌다. 인유의 왼쪽 팔이 위로 휙 올라갔다. 그의 주먹이 내리꽂히면서 내 손을 가격했다. 내가 비명을 지르면서 손을 펴자마자 인유가 테이프를 집어 쫙 펼쳐진 내 손을 의자의 손잡이에 딱 붙이고 칭칭 감았다. 손가락 끝부분을 제외하고 내 모든 손이 테이프에 감겼다. 손등에 벌써부터 멍이 든 모양인지 동그랗게 보라색 흔적이 남았다. 인유의 손이 조심스럽게 내 손톱을 쓰다듬었다. 곧 그의 검지손가락이 나의 중지 손톱 위에 올라갔다.

2장 제물

"잠깐만요, 잠깐만……."

"분명히 가깝다고 하셨죠, 감독님하고."

그의 손톱이 내 손톱의 표면을 살살 긁더니 점점 손톱의 뿌리 부근에 가까워졌다. 날카로운 통증이 느껴졌지만 이번엔 아무런 소리도 내 입 밖으로 나오지 않았다.

"얼마나 가까운 사이였어요?"

"전 아무것도 몰라요, 정말."

태연한 척을 하며 대답을 한 것이 무색하게 목소리가 한심할 정도로 떨리더니 눈물이 흘러내리기 시작했다.

인유가 바닥에 떨어진 못을 줍더니 능숙하게 내 손톱과 그 밑의 부드러운 살 사이로 집어넣었다. 손톱의 하얀색과 손톱 아래 살의 분홍색이 만나는 부근에 가느다란 못의 날카로운 끝부분이 들어오자 철의 차가움이 느껴졌다. 아직 아무 일도 벌어지지 않았지만 벌써 내 머리에는 곧 이어질 내 손톱과 살, 혈관의 운명이 선명하게 떠올랐다.

"인혜 씨, 아까 중요한 일이 있어서 여기까지 오셨다고 했잖아요."

못의 끝부분이 느리게 안으로 들어오기 시작했다. 닿고 있는 속살이 빨갛게 변했다. 손가락에서 시선을 뗄 수가 없어서 눈을 감지조차 못했다. 눈이 시뻘겋게 달아올라 눈물이 떨어지는 것이 느껴졌다.

"무슨 중요한 일이었어요?"

못의 끝부분을 붙잡고 있는 인유의 손목에 서서히 힘이 들어갔다. 날카로운 금속이 손톱 밑의 살을 가르면서 사이가 벌어지는 것이 느껴졌다. 아프다, 정말 아프다. 소리를 지르고 싶었지만 도발하는 것처럼 느껴질까 싶어 이를 악물었다. 그가 오른손에 들고 있는 망치를 못의 머리 부분에 가져갔다. 말, 말을 해야 했다. 무슨 말을 하든 일단 아무거나 말을 해, 빨리.

"야! 저기!"

고통을 참은 것이 의미가 없게 소리를 꽥 지르니 인유가 내 얼굴을 보았다.

"그게, 그, 그런데요."

내 목소리는 조금 울먹이고 있었지만 표정만큼은 평정심을 유지하려고 애썼기에 평온했다. 적어도 그렇다고 믿고 싶었다.

"왜 안 믿어요?"

천천히 앞으로 전진하고 있던 못이 속도를 멈추더니 조금씩 뒤로 물러났다. 손톱 아래 못이 빠져나간 자리에서 빨갛고 작은 원들이 생겨나더니 곧 피가 고이기 시작했다. 망치를 들고 있던 손이 아래로 내려왔다.

"뭘요?"

바람이 빠지는 듯한 소리처럼 들리는 웃음을 내뱉으며 인유가 물었다. 난 침을 한번 삼키고 입술을 혀로 축였다.

"감독님이요."

"무슨 소리죠?"

"감독님이 다른 사람한테 들은 게 아니라 정말 아무것도 모르는 상태에서 쓴 걸 수도 있잖아요."

망치가 바닥에 떨어지고 바닥이 부서질 듯 커다란 소리가 났다. 인유가 손을 들어 앞머리를 쓸어 넘기더니 신경질적으로 머리카락을 마구 헤집었다. 반응이 있는 걸 확인한 나는 입을 계속 놀렸다.

"이제 와서 이러는 거 웃기지만, 저 사실 일 때문에 여기 온 거 아니에요. 생각해 보세요. 제가 일 때문이면 뭐 하러 그렇게 눈치 받으면서까지 여기 들어오려고 했겠어요?"

인유가 눈동자를 한쪽 구석으로 굴리며 어이가 없다는 표정을 지었다.

"그럼요?"

"감독님이 5년간 카르마 플레이 각본을 쓰시는 동안 그 옆에서 가장 가깝게 지켜본 사람으로서 말하는 건데, 절대로 다른 사람한테 전해 들은 얘기가 아니에요. 뭔 이상한 사이비 종교를 믿는 분은 더더욱 아니고."

"아, 그럼 그냥 이 모든 게 다 우연인가 보네요? 제가 큰 실수를 했네."

대놓고 비꼬는 말투에도 난 담담한 얼굴을 유지했다. 내가 말했지 않았던가, 거짓말은 기세라고.

"지금부터 제가 하는 말 잘 들으세요. 인유 씨한테 아주 중요한 얘기니까."

지금부터 내가 할 되지도 않는 소리를 제발 믿어야 할 텐데. 사실 그건 순전히 내 역량에 달린 일이었다.

"제 생각엔, 감독님이 일종의 계시를 받은 게 아닐까 싶어요."

못을 붙잡은 손에 다시 힘이 들어갔다. 하, 건조하게 웃은 그가 허리를 숙이더니 망치를 들려고 했다. 난 침이 튈 정도로 다급하게 소리쳤다.

"일단 들어 봐요! 일단!"

인유가 한숨을 쉬면서 얼굴에 튄 침을 닦았다. 그가 아무것도 들려 있지 않은 손은 내버려두고 굳이 못을 잡고 있는 손으로 얼굴을 닦은 덕분에 내 손톱은 잠깐이나마 자유로워졌다. 얼굴을 닦은 다음에도 그의 손에 들린 못은 다시 손톱 밑으로 돌아오지 않았다. 난 그것을 뭔 소리를 하든 한번 지껄여 보라는 의미로 받아들였다. 일단 침을 여러 번 삼켰다. 목이 건조하면 설득력 있는 목소리가 잘 나오지 않으니까.

"몇 년 전부터 감독님이 그러셨어요, 자기가 요즘 자꾸 꿈을 꾼다고."

"꿈?"

"네, 어린 남자아이가 나오는 꿈인데 간간이 내용이 이어지는 꿈을 자꾸 꾼다고. 그냥 단순한 꿈이 아니고, 마치 영화를 보는 것처럼 눈앞에서 펼쳐진다고. 전 그 얘기를 듣고 그냥 대수롭지 않게 넘겼는데, 나중에 그 꿈의 내용을 각본으로 쓰고 계신다고 하더라구요."

"그러니까 그 꿈을 각본으로 쓴 게 카르마 플레이다?"

"네."

내 말을 듣고 있는 그의 얼굴에서 다양한 변화가 일었다. 눈은 찡그려지고 눈썹이 꿈틀거리고 입술은 삐뚤어졌다. 화가 난 건지 설득이 된 것인지는 불확실했다. 난 그의 얼굴에서 시선을 떼지 않은 채 나머지 이야기를 이어 나갔다.

"꿈에서 본 내용을 각본으로 썼다고 하는 거, 솔직히 믿기지 않았거든요? 뭐 영화 홍보할 때 이용하려고 미리 기믹을 생각해 두시는 건가, 그런 생각이 들기도 했고. 그런데 각본 작업을 시작하시면서 감독님 상태가 좀…… 이상해지기 시작했어요. 뭐라고 할까, 껍데기는 그대로인데 알맹이가 교체가 된 것처럼. 다른 사람들은 전혀 파악을 못 했지만 전 알아볼 수 있었어요, 뭔가 다르다는 걸. 집 밖을 나가려고 하지도 않으시고, 영화가 개봉된 다음부터는 아예……."

나는 말끝을 흐리면서 일부러 그의 눈을 마주치지 않고, 저 멀리 어딘가를 헤매는 것 같은 표정을 지었다. 상상을 하면 눈동자 방향이 왼쪽으로 향한다고 했는지 오른쪽을 향한다고 했는지 헷갈렸다. 내가 하는 이야기에 집중을 한 인유가 말이 끊기자 눈을 찡그렸다.

"아예?"

난 다시 눈의 초점을 살리고 조금 짜증이 난 듯한 인유의 얼굴을 바라봤다.

"영화가 개봉하고 난 다음에는 아예 극단적으로 변하셨어요. 새벽에 갑자기 전화를 해서는 자기를 노리고 쫓아오는 사람들이 있다고, 자기가 지금 엄청난 위험에 처했다고 그러지 않나. 누가 자꾸 자기 집 방문을 두드린다고, 밤이 되면 잠을 잘 수가 없다고 하셨어요. 그 남자애가 너무 가엾다고, 빨리 찾아야 한다고 그러시고……. 그땐 그냥 감독님이 완전히 맛이 갔구나, 너무 몰입을 하셔서 이제 영화하고 현실을 구분을 못 하시는구나, 이렇게 생각했어요. 그런데 이젠……."

흔들림 없이 고정된 눈동자, 옅게 떨리는 턱, 조금 벌어진 입술. 표정에 별다른 움직임이 없는 것으로 보아 그는 내가 하는 이야기에 완전히 몰입된 상태인 것이 확실했다.

"남자애가 가엾다고?"

"네, 이젠 알겠어요. 감독님이 왜 그런 말을 하셨는지. 그리고 그 남자애가 누구를 말하는 거였는지도."

난 그렇게 덧붙이고 반응을 살폈다. 인유의 표정은 심각했다. 넘어왔다. 내가 속이려는 대상이 그만큼 순진한 것인지, 아니면 나에게 사기꾼의 재능이 있는 것인지 모르겠다. 지금 즉흥적으로 한 명의 관객을 위한 연극을 하는 것이나 마찬가지인데 대사가 준비된 것처럼 쑥쑥 튀어나오는 것이 나조차도 신기했다.

"감독님이 평소에 저한테 의지를 많이 하셨어요. 가깝게 알고 지내는 지인이 얼마 없으시거든요. 감독님이 그런 얘기를 한 것도 저밖에 없을 거예요. 쫓아오는 사람이 있다고, 자기가 위험하다고 하면서 정신 나간 사람처럼 구시는데 어느 순간부터는 아예 연락이 되질 않으시니까 혹시 무슨 일이 생겼나 같이 일하는 사람으로서 걱정이 돼서."

인유가 손톱을 세우고 목을 마구 긁기 시작했다. 하얀 목에 빨갛게 긁은 자국이 생길 정도로 세게. 그의 얼굴 역시 빨갛게 달아오르고 있었다.

"그래서요?"

신경질적인 목소리였다. 거의 다 넘어온 모양이다. 진짜 믿다니.

"인유 씨가 말했죠, 영화의 내용이 현실에서 진짜로 있었던 일이라고. 저도 믿어요. 하지만 그렇다고 감독님이 무슨 흑막이라는 건 아니라고 생각해요."

"흑막?"

인유가 혼란스러운 표정을 지었다. 분위기도 긴장이 슬슬 쌓이고 좋았는데 순간 단어 선택을 잘못했다. 난 다급하게 수습할 말을 찾았다.

"영화 내용에 따르면, 그 사람들이, 신도들이!"

잠깐 사고가 정지되면서 의구심이 들었다. 스스로에게 이게 정말 네가 생각하기에 가장 최선의 선택이 맞느냐고 물어야 했다. 확실해? 이걸로 할 거야? 최선이야, 이게?

"퇴마를 하는 게 아니라 오히려 악령을 이용해서 무기로 사용하잖아요. 사람들에게 저주를 내리고."

이마에서 흘러내리는 땀방울이 눈에 닿으면서 따끔했다. 인유의 얼굴이 흐릿하게 보였다. 난 땀방울을 떨쳐 내려고 머리를 세차게 흔들면서 눈을 연신 깜빡였다. 땀에 젖은 머리카락의 끝이 날카롭게 내 뺨을 찔렀다.

"감독님하고 얘기했다고 했죠. 혹시 감독님이 횡설수설하거나 이상한 행동을 보이지 않았어요?"

"아니, 그닥…… 그렇지는……."

쏘아붙이는 나의 말투에 영락없이 당황한 모습이었다. 역시 '얘기'를 나눴다는 말은 순전히 거짓말인 게 틀림없었다. 아마 집에 도착한 순간 그 인간은 술에(그리고 어쩌면 마약에) 찌든 상태였을 것이고, 척 봐도 정상적인 대화가 불가능하다는 판단에 무식하게 때려 부수려고 했겠지. 반짝이는 장난감을 가지고 짐짓 무서운 척을 해 봐야 갓 고등학생 나이를 벗어난 어린애에 불과할 뿐이다.

"잘 생각해 봐요!"

"뭐, 조금 흥분하시기는……."

"감독님은 저랑 일하시면서 단 한 번도 목소리를 높이거나 짜증을 내거나 화를 낸 적이 없는 분이에요. 그런데 그런 분이 카르마 플레이 이후부터 얼마나 예민하고 불안해하는 모습을 보이셨는지 아세요? 거기다 엄청나게 공격적인 모습까지 보이셨어요. 네? 무슨 말인지 알아요? 아시냐구요?"

"그거야 당연히 모르죠, 저는."

"그럼 제 말을 똑바로 들으세요!"

난 거의 의자를 부숴 버릴 기세로 몸을 마구 흔들었다. 내가 고개를 쭉 뻗으면서 소리를 지르자 뒤로 물러나던 인유가 바닥에 엉덩방아를 찧고 넘어졌다.

"감독님이 저한테 한 말이 다 사실이었던 거라면, 감독님이 인유 씨가 지금 찾으려고 하고 있는 사람들의 표적이 되어서 먼저 악령에게 공격을 당한 것이 분명하다고요. 감독님이 악령에게 지배를 당했단 말이에요. 알아들어요? 어쩌면 인유 씨에 대한 정보를 얻어내려고 이런 짓을 했을지도 몰라요. 그러니까 인유 씨가 그 사람들을 쫓는 게 아니고, 오히려 그 사람들이 인유 씨를 쫓고 있는 거라구요. 내 말 이해돼요?"

인유의 이마에 땀방울이 우수수 맺히고 있었다. 이제 내가 등을 떠밀 차례였다.

"감독님 지금 어디 계세요?"

*

묶여 있던 넥타이가 풀린 다음에도 손목이 저린 느낌은 쉽게 가시지를 않았다. 의자에서 일어난 나의 몸을 인유가 부축해 주는데 투박한 손이 성의 없이 이곳저곳을 주물럭거려서 한 대 치고 싶은 기분이 들었기 때문에 그의 몸을 살짝 밀치고 무릎에 손을 대고 고개를 숙인 다음 숨을 골랐다.

무릎 위에 올라간 내 오른쪽 손의 중지 손톱에 검붉게 든 멍이 보였다. 다시 고개를 드니 몸이 크게 휘청거렸다. 인유는 내 몸을 잡아 주지 않았다. 손에 넥타이를 빙빙 둘러 감으며 날 가만히 노려볼 뿐이었다. 대놓고 다리를 덜덜 떨어도 망부석처럼 서 있기만 하더니 내가 소파 쪽으로 몸을 틀자 바로 발을 움직이며 내 앞을 막아섰다.

"뭐 하세요?"

"가방 챙기려구요."

"왜요?"

"옷에 땀이 차서 가방에 있는 물티슈로 몸을 좀 닦으려고요."

난 시큰둥하게 말했다. 다행히 인유는 말을 덧붙일 필요가 없게 바로 몸을 비켰다. 스쳐 지나가면서 괜히 어깨로 그의 몸을 쳤지만 미동조차 없었다. 비틀대며 소파로 걸어간 난 가방을 손에 들고 내용이 보이지 않게 돌아선 다음 물건을 찾는 척을 하면서 내부를 살폈다. 굳이 돌아보지 않아도 날 보는 인유의 끈질긴 시선이 느껴졌다. 난 모르는 척하면서 손을 바삐 움직였다. 핸드폰, 칼, 끝. 아무것도 사라진 것은 없었다.

"아이씨…… 안 가져왔네."

"휴지라도 드릴까요?"

"됐어요, 어차피 땀이야 또 날 텐데."

손목을 돌리면서 근육을 풀었지만 여전히 뻐근한 통증이 남아 있었다. 내가 찝찝한 기분에 얼굴을 찌푸리자 인유가 살짝 입술을 깨물면서 내 손목을 빤히 쳐다봤다. 손에 묶인 넥타이의 매듭을 풀어 주는 순간에도 저것과 비슷한 표정을 지었다.

정말 미안한 건지 아니면 영화 속의 진화를 따라 하는 것인지 모르겠다. 그리고 보니 풀이 죽은 강아지 같은 표정이 진화와 비슷한 것 같기도 하고. 아니, 아무리 그래도 진화는 사람 손톱에 못을 들이밀지는 않는다. 내가 만들어 낸 진화는 그런 아이가 아니다.

칼과 핸드폰이 부딪치는 소리가 나지 않도록 어깨에 조심스럽게 가방을 멨다. 다시 돌아가는 길에 넘어질 듯 다리를 휘청대면서 손을 테이블에 올렸다. 그리고 몸을 가누는 척을 하며 자루 밑으로 살짝 손을 집어넣은 다음 최대한 많은 가루를 묻혔다. 마치 더러운 칠판을 손으로 슥 만진 것처럼 먼지같이 회색빛이 도는 분홍색 가루가 덕지덕지 손바닥에 묻어났다. 혹시 피부를 뚫고 혈관으로 들어갈 수 있는 것은 아닌가 하는 걱정이 잠시 들었지만…….

"갈까요?"

인유가 목을 몇 번 가다듬더니 말했다. 하지만 지금은 그딴 걱정을 할 때가 아니지. 난 가루가 묻은 손을 꼭 움켜쥐고 몸을 다시 일으켰다.

"가요."

*

김영헌은 내가 체크했던 것처럼 오른쪽 복도의 왼쪽에서 두 번째 방에 있는 것이 아니었다. 인유는 나를 거의 질질 끌다시피 해서 복도 안으로 들어가 가장 맨 끝 오른쪽에 있는 방 앞까지 데리고 갔다. 인유가 주머니에서 열쇠를 꺼내 문을 연 다음 살짝 열린 문틈 사이로 먼저 들어갔고, 난 그 뒤에 바짝 붙어 따라 들어갔다. 불을 켜기도 전에 나는 이미 방 안이 엉망이라는 것을 짐작했다. 텁텁한 먼지 냄새가 코를 찌르고 있었기 때문이었다.

불이 켜진 방 안은 마치 야반도주 직전의 집처럼 온갖 잡동사니가 너저분하게 담긴 상자가 여기저기 흐트러져 있었다. 내부가 치과 진료실처럼 눈이 아플 정도로 밝았기 때문에 그 지저분함이 더욱 돋보였다. 새하얀 벽지에 바닥, 조명까지. 그에 비해 김영헌의 얼굴에 칭칭 감겨 있는 붕대는 누리끼리했다.

숨은 쉴 수 있나? 죽은 것 아냐?

처음 든 생각은 그거였다. 녹이 슨 철제 의자에 손발이 묶인 상태로 앉아 있는 김영헌은 마치 박제된 것처럼 보였다. 얼굴과 목에는 미라처럼 붕대가 빈틈없이 감겨 있는 상태였고, 왼쪽 손의 손가락 세 개에 휴지가 감싸져 있었다. 손등에는 칼로 그은 X자가 보였다. 밑에도 옅은 상처가 보였다. 휴지의 끝부분이 빨간 것을 보니 이미 고문을 당한 것이 분명했다. 난 내 손톱 아래로 들어오던 못을 떠올렸다. 엄마가 사이비들이 쓰던 고문 방법을 조금 변형하여 만든 방법이었다. 영화에 나오지 않는, 각본에만 유일하게 존재하던 시퀀스였다.

2차 탈고 때 잘라 낸 장면이었다. 엄마와 어린 진화는 한 가족의 아버지가 인간의 탈을 쓴 악령임을 알게 되어 그를 고문한 다음 가족들과 함께 처형한다. 진화는 식탁 밑에 숨어서 하얀 천 사이로 그 광경을 훔쳐본다. 알 수 없는 말을 내뱉는 아버지를 보면서 눈물을 흘리는 어린아이들, 귀가 찢어질 듯 높은 비명 소리, 바닥에 떨어지는 손톱 조각들과 핏방울. 희생자의 손등에 남은 십자가와 그 밑에 땅을 상징하는 모양의 가로줄 상처. 나의 눈에 김영헌의 손등 위에 칼로 새겨진 X가 다시 선명하게 각인이 됐다. X가 아니라 십자가였다. 밑에 가로줄이 살짝 그어진. 인유도, 김영헌도 모를.

의문은 서서히 형태를 갖추고 내 몸속에 자리 잡은 듯 부피감이 느껴지더니 꿀렁거리면서 내 속 안을 헤집었다. 입을 열면 바로 튀어나올 것이다. 난 인유에게 묻고 싶었다. 그런 고문 방법을, 도대체 *누구에게* 배웠냐고.

인유는 김영헌에게 가까이 다가가 얼굴 위로 손바닥을 펼쳤다. 난 그와 김영헌의 주변을 천천히 둘러봤다. 특별히 눈에 들어오는 것은 없었는데, 의자 다리 아래에 무언가 작은 것들이 떨어져 있었다. 난 더욱 자세하게 보기 위해 가까이 다가갔다. 인유의 등 바로 뒤에 가깝게 서자 무엇인지 보였다. 손톱들이었다. 뽑힌 손톱들이 바닥에 나뒹굴고 있었다.

만약 빠르게 거짓말을 하지 못했다면, 내 손톱도 저렇게 바닥에 뒹굴고 있겠지. 나도 모르게 피가 여전히 흐르고 있는 손가락 끝을 바지춤에 문질렀다. 아팠다.

"의식은 있어요."

인유가 뒤를 돌아보며 말했다. 어느새 가깝게 다가온 내 얼굴을 보고는 조금 놀란 것 같았다. 나는 입술을 떨지 않으려고 살짝 깨문 상태로 그에게 물었다.

"도대체 무슨 짓을……."

"나름대로 정보를 알아내려고 했을 뿐입니다."

"그렇다고 무작정 손톱을 뽑아요?"

인유가 아, 하고 짧은 감탄사를 뱉더니 바닥을 내려다봤다. 난 각본에서 잘라 낸 고문 장면을 다시 떠올린 순간부터 생각하고 있던 질문을 다시 꾹 삼켰다. 호기심에 괜히 상황의 위험을 가중시킬 필요는 없었다. 지금 난 〈카르마 플레이〉와 가능한 멀리 거리를 유지해야 했다. 아이러니하게도 김영헌이 자신이 혼자서 각본을 쓰느라 고생을 했다고 온갖 인터뷰를 한 것이 다행이었다.

"감독님이 말을 제대로 하지 못하셔서 전 일부러 시간을 끌려고 그러시는 줄 알고."

"그래서 고문했다?"

"인혜 씨 말을 먼저 들어 봤다면 그렇게 성급하게 하지는 않았을 거예요."

그러니까 결국엔 늦게 온 내 잘못이라는 소리였다. 그래도 내 말에 어느 정도는 넘어간 것이 보여서 기분이 완전히 나쁘지는 않았다.

"아무리 그래도 그렇지……."

"인혜 씨, 지금 그게 중요한 게 아니잖아요."

인유가 짐짓 억울해하는 표정을 지었다. 정말 일말의 빈정거림도 없이 순수하게 그렇게 생각하는 표정이라 더 무시무시했다. 동시에 도대체 인유가 이곳에 처음 도착했을 때 김영헌의 상태가 어느 지경이었는지 궁금했다. 단순히 술에 취했던 것이라면 말이 통하지 않을 정도는 아니었을 텐데.

난 살짝 구부린 상태인 내 오른쪽 손을 흘끔 쳐다봤다. 손가락 사이로 분홍색 흔적이 보였다. 혹시 습관적으로 얼굴을 훑거나 코를 만질 일이 없도록 손을 꽉 쥐었다. 인유가 슬쩍 몸을 비켰고 난 조심스럽게 김영헌에게 더욱 가까이 다가갔다.

"감독님?"

아무런 반응이 없었다. 난 귀에다 입을 대고 지금 낼 수 있는 최대한 큰 목소리로 소리 질렀다.

"감독님!"

김영헌이 반응을 보이며 머리를 소리가 들리는 방향으로 거칠게 움직였다. 유일하게 붕대가 감겨 있지 않은 콧구멍으로 거친 숨이 뿜어져 나왔다. 마치 발작과도 같은 움직임은 한번 시작되자 멈출 기미가 보이지 않았다. 얼굴과 목, 배, 팔과 다리가 마구 요동쳤다. 인유가 뒤에서 손을 뻗으려고 하자 난 그의 팔을 붙잡고 저지했다.

"제가 할게요."

인유가 손을 거두고 뒤로 물러섰다. 난 잠시 뒤를 돌아보고 그와 눈을 마주쳤다. 그리고 입을 꾹 닫은 결연한 표정으로 고개를 한 번 끄덕였다. 나를 믿어, 라는 의미로. 그러자 인유도 나와 똑같이 입을 꾹 닫고 고개를 끄덕였다.

웃음이 나오려는 걸 간신히 참고 다시 내 앞에 펼쳐진 절호의 기회를 마주했다. 누런 천에 감싸여 뻣뻣하게 움직이는 얼굴의 턱을 붙잡은 다음 뺨에 감긴 붕대 사이로 손가락을 집어넣고 틈을 벌렸다. 만취한 사람처럼 벌겋게 달아오른 피부가 보였다.

"감독님? 제 말 들리세요?"

난 붕대를 묶고 있는 클립을 떼어 낸 다음 서서히 붕대를 풀었다. 기다란 붕대가 바닥에 떨어지고 김영헌과 눈이 마주쳤다. 새빨갛게 충혈된 눈알이 나를 노려보고 있었다. 이상하게 말이 없다 싶더니 입에도 무언가 가득 들어가 있었다. 볼록하게 튀어나온 입술 사이로 누런 천이 보였다. 붕대를 말아 넣어 입을 막은 모양이었다. 김영헌의 입술이 조금씩 움직이기 시작했다. 그는 조금 안도하는 눈빛을 하고 있었다. 내가 자기를 구해 줄 거라고 생각하는 모양이지.

난 코웃음이 나올 뻔한 것을 참고 몸을 최대한으로 숙였다. 김영헌의 얼굴을 내 몸으로 가려 뒤에서 인유가 볼 수 없도록. 그리고 한 손으로 턱을 붙잡고 있는 상태에서 주먹을 쥐고 있던 손을 가까이 가져갔다. 재빠르게 분홍색 가루가 땀과 섞여 붙어 있는 손가락을 그의 콧구멍에 쑥 집어넣었다. 손가락이 코 점막을 파고들어 가며 끈적한 콧물이 묻어나는 것이 느껴졌다.

난 빼낸 손가락을 그대로 김영헌의 입안으로 집어넣고 잇몸을 손가락으로 훑은 다음 손바닥을 입술에 비볐다. 나를 바라보고 있는 김영헌의 눈이 더욱 커졌다. 마무리를 위해 그의 입안에 들어 있는 붕대를 꺼낸 다음 손가락 네 개를 쑤셔 넣었다. 목구멍이 막히는 바람에 숨이 제대로 쉬어지지 않는 듯 김영헌의 목에서 꺽꺽대는 소리가 들렸다. 손가락으로 혀를 누르는데 이빨을 세우는 것이 느껴져 재빨리 손을 다시 뺐다.

"감독님, 괜찮으세요?"

"이 씨발년이!"

머리가 이리저리 흔들릴 정도로 어깨를 흔들면서 과장된 말투로 말하자 김영헌이 입에서 거품을 내뱉으며 소리를 질렀다. 난 양손으로 입을 감싸고 뒤로 한 발자국 물러섰다.

"감독님? 왜 그러세요? 감독님?"

"좆 같은 년이 씨발, 야, 이 개년아!"

"감독님…… 저 인혜예요, 인혜……."

"씨발년아!"

"정신 좀 차려 보세요, 제발!"

김영헌의 얼굴이 점점 더 새빨갛게 물들고 있었다. 이마 주위의 핏줄이 흉흉하게 부풀어 올라 얼굴은 공포영화에 나올 법한 사탄처럼 보였고 입 밖으로 나오는 목소리는 그에 걸맞게 험악했다.

난 우는 소리를 내면서 김영헌의 얼굴을 철썩거리는 소리가 나도록 주먹으로 세게 때렸다. 더 이상 저항이 없을 때까지 뺨과 눈을 각각 네

대씩 때리고 나니 그는 잠잠해졌다. 그동안 쌓여 있던 감정이 조금 풀렸고, 난 즐거운 마음으로 바닥에 있는 붕대를 집어 다시 그의 입안에 쑤셔 넣었다. 뒤를 돌아 마주한 나를 쳐다보는 인유의 얼굴은 한마디로 가관이었다.

"그렇게까지……."

인유가 얼굴을 찡그리며 나를 타박하듯 말했다. 어이가 없었지만 난 간신히 쥐어짜 낸 눈물방울을 흘리며 바닥의 손톱 조각을 발로 지그시 밟았다. 그의 눈이 순간 움찔했다.

"마지막으로 감독님 뵀을 때보다 상태가 더 심각해요."

인유가 입술을 깨물면서 내 눈을 피하더니 물었다.

"저 때문에 상태가 더 악화된 걸까요?"

그럼 아니겠냐? 순진한 건지 나를 엿 먹이는 건지. 사람을 잡아서 생고문을 해 놓고 접시 깨뜨린 어린애처럼 구는 것이 영 재수가 없었다. 그렇지만 척이라도 의기양양하던 모습이 점점 수그러드는 것은 보기 좋았다.

"아니요, 그것 말고 다른 게 원인인 것 같아요."

난 불안한 상태라는 것을 어필하려고 머리카락 끝을 손톱으로 끊으면서 다리를 덜덜 떨었다. 사실 실제로 불안하기도 했고. 약의 효과가 있긴 있는지, 효과가 오려면 시간이 얼마나 걸릴지 의문이었다. 의사소통이 불가능한 정도의 상태가 되어야 할 텐데.

"인유 씨, 영화에서 그…… 악령 퇴치 의식이 있는 거 알죠."

"네."

물론 그러시겠지. 영화도 몇 번은 더 봤다고 했으니 어쩌면 나보다 더 잘 알고 있을지도 모른다. 주절주절 설명할 필요는 없을 것이다. 잘됐네.

"진화가 맨 처음에 의식 했던 장면 기억나요?"

"그, 종교 단체 사람들 중 하나……."

인유가 말을 더듬거렸다.

"네, 도망쳐 나온 신도 중에 하나가 갑자기 발작을 해서 묶어 놓고 의식을 하잖아요. 실패해서 결국엔 죽지만."

의식이라고 하기에는 좀 허술한 장면이긴 했다. 대본상으로는 그냥 바닥에 빨간 펜으로 문양을 그린 다음 발작하는 사람을 묶어서 올려놓고 주문을 외우는 것이 전부였으니까. 내가 썼지만 허술한 묘사였는데 솔직히 말하면 그 장면은 김영헌이 연출을 잘해서 좀 잘 나온 경우였다. 물론 그 장면만.

"그럼 지금 감독님한테 그걸 하자고요?"

"다른 방법이 있어요?"

"악령인지 아닌지도 모르잖아요."

"맞아요. 확실해요. 의심의 여지가 없어요. 이제 모든 게 확실해요."

난 그렇게 말하고 팔을 뻗어 인유의 어깨를 감싸 쥐었다.

"나 믿어요?"

인유의 이마에서 땀이 한 방울 주르륵 흘러내렸다.

"전……."

인유가 말을 끝맺기도 전에 뒤에서 김영헌이 정신을 차린 모양인지 다시 움직이는 소리가 들렸다. 인유가 입을 꾹 닫았고 까만 눈을 더욱 크게 떴다. 난 뒤를 돌아보지 않고 인유의 어깨를 잡고 있는 손에 더욱 힘을 줬다.

"원래 각본은 달랐던 거 알아요, 근데?"

나를 내려다보는 인유의 눈이 반짝거리면서 빛이 나고 있었다. 순차적으로, 긴장하지 말고, 침착하자.

"달라요?"

"네, 감독님이 맨 처음에 완성한 각본 원고하고 영화에서 나오는 의식이 많이 달라요. 원래 영화를 만드는 과정에서 각본이 굉장히 많이 수정이 되거든요. 감독님은 어떻게 해서든 원래 각본의 내용 그대로 가고 싶어 하셨는데, 제작사에서 끝까지 반대해서 어쩔 수가 없었어요."

난 한숨을 간간이 쉬면서 말했다. 인유의 눈동자가 혼란스러움에 이리저리 흔들리고 있었다.

"이유가 뭐였는데요?"

"너무 잔인하다고."

내가 그렇게 말하며 이미 세게 어깨를 붙잡고 있는 손에 조금 더 힘을 주자 인유가 당황하면서 몸을 빼내려고 하는 것이 느껴졌다.

영화가 현실과 직접적으로 연결이 되어 있다고 생각하는 놈이다. 영화 속의 묘사가 얼마나 과장이 되었더라도 진심으로 믿을 가능성이 높았다. 깊은 믿음의 필수적인 조건에는 증거나 사실보다는 믿으려는 사람의 적극적인 자발성이 가장 필요했다. 난 인유의 코끝에 거의 닿을 정도로 내 얼굴을 더욱 가까이 붙이고 속삭였다. 김영헌에게는 들리지 않을 정도로.

"원래 각본 내용, 전 전부 다 알고 있어요. 의식이 어떻게 묘사가 되어 있는지, 그리고……."

내가 말끝을 흐리고 아예 입을 닫자 방황하던 인유의 눈동자가 나에게 고정됐다. 마치 어린애한테 무서운 이야기를 들려주고 있는 것 같았다.

"그리고 뭐요?"

"어떻게 의식을 제대로 해서 악령을 퇴치할 수 있는지, 각본에 다 나와 있었어요. 전 알아요."

인유가 고개를 떨구더니 주먹을 쥐었다가 펴기를 반복하기 시작했다.

"어쩌면 그 사람들이 인유 씨가 여기 올 줄 알고 미리 왔을지도 몰라요. 감독님을 저렇게 만든 다음에, 감독님이 인유 씨에게 허튼 말을 못 하게 하려고요."

인유의 얼굴이 새하얗게 질렸다. 웃긴 일이었다. 자기 말로는 그 인간들을 찾아낸 다음에 복수를 하겠다고 여기까지 왔으면서 진짜로 가까이에 있다고 생각하니 겁이 나는 모양이지. 아니면 아무런 죄 없는 가엾고 연약하고 불쌍한 김영헌을 고문한 것이 이제 슬슬 실감이 나서 그런 걸지도 모른다.

"무슨 일이 있어도 감독님이 제정신이 돌아오도록 해야 해요."

손을 가만히 두지 못하는 것을 보니 인유는 슬슬 죄책감을, 혹은 엄습하는 두려움을 느끼기 시작한 것이 분명했다. 방금 겪은 일련의 사건들과 내 눈앞에 있는 김영헌의 모습을 고려해 보면, 인유 같은 남자애의 죄책감은 그 방향에 상관없이 폭력적으로 튀어나오기 마련이어서 이용하기엔 좀 위험하다. 진화도 그렇기 때문에 영화 내내 죽을 쑤고 다닌다.

하지만 이걸 기회로 삼을지 아니면 그대로 고꾸라져서 돼질지는 나에게 달렸다. 인생이 레몬을 건네면 그걸로 레모네이드를 만들라는 말이 있다. 난 내 손에 쥐어진 레몬을 지금 김영헌의 입에 그대로 쑤셔 박을 생각이었다.

난 손을 뻗어서 인유의 양 뺨을 붙잡았다. 말랑한 살이 푹 들어갈 정도로 세게 인유의 볼을 손가락으로 누르자 동그랗게 오므려진 입술이 톡 하고 튀어나왔다.

"……그럼요?"

고분고분한 목소리가 들려왔다. 이제 거의 다 왔다.

"그럼 저희 이제 어떻게 해요?"

씩 하고 웃음이 나왔다. 넘어왔다.

"진화가 한 걸 해야죠."

인유가 내 손 위에 자신의 손을 살포시 올리더니 눈을 순하게 내리깔고 고개를 끄덕였다. 난 손등에 느껴지는 서늘한 촉감을 잠깐 느끼다가 다시 손을 거두었다. 그리고 말했다.

"준비물이 필요해요."

*

저항을 최소화하기 위해 머리와 발끝을 붕대로 감은 김영헌의 몸은 면봉을 연상시켰다. 그러한 노력에도 불구하고 그를 욕실까지 옮기는 과정에서 여전히 몇 번의 강렬한 저항이 있었는데, 그런 순간마다 우린 잠시 그를 바닥에 눕혀야 했다. 눕힌 다음에는 상체를 붙잡고 있던 인유는 김영헌의 목을, 나는 김영헌의 복부를 가격했다. 그건 나의 지시이자 제안이었다.

떨떠름한 반응을 보이던 인유에게 난 어차피 고통을 받는 것은 김영헌의 몸속에 들어간 악령이라고 설득했고, 이후 주먹을 휘두르는 인유는 더 이상 망설이거나 주저하는 낌새가 없었다. 자신이 옳은 일을 하고 있다는 확신이 가득해 보였다. 내가 바라던 바이긴 했지만 일이 잘못되면 저 정의로운 주먹의 방향이 나에게 향하게 될 것이라는 생각에 마냥 좋지는 않았다.

폭행 이후 정말로 정신을 잃은 건지 아니면 가만히 있는 것이 낫다는 판단을 한 건지 김영헌의 몸은 힘이 빠져 부드러워졌고, 덕분에 빠르게 뒷걸음질을 하며 달려가는 인유의 걸음 속도를 맞추면서 달려 나가느라 하마터면 여러 번 손이 미끄러질 뻔한 것만 빼면 수월했다. 난 최대한 손아귀에 힘을 주면서 내가 붙잡고 있는 두 다리에서 눈을 떼지 않았다.

못 본 사이에 살이 쪘는지 종아리가 포동포동했다. 원래 약을 하면 살이 빠져야 하는 것 아닌가? 무게도 무게지만 자꾸 손을 간지럽히는 까끌까끌한 다리털도 상당히 거슬렸다. 간신히 욕실 앞에 도착하자마자 난 붙잡고 있던 손에 힘을 뺐다. 김영헌의 발이 바닥에 부딪히면서 쿵 하는 소리가 났다. 반대로 인유는 조심스럽게 김영헌의 상체를 바닥에 눕혔다.

내가 문을 열고 먼저 욕실로 들어가자 나를 뒤따라 인유가 김영헌의 몸을 질질 끌며 들어왔다. 불을 켜자 커다란 거울에 초췌한 내 모습이 비쳐 보였다. 땀에 젖은 머리카락이 뺨에 덕지덕지 붙어 있었고 눈 아래는 푹 꺼져 험상궂은 인상이었다.

몸을 돌려 내부를 눈으로 훑었다. 욕실의 내부 인테리어는 전체적인 집의 분위기와 전혀 어울리지 않았다. 거대한 거울 아래에 있는 작은 변기와 세면대, 자글자글하게 서로 달라붙은 작은 타일들. 기이한 느낌이 들었다. 마치 그 전에 이 공간에 와 본 적이 있었던 것처럼. 꿈에서, 아니면 공상에서. 녹색 타일이라니, 요즘 같은 시대에. 그것도 이렇게 현대식으로 지어진 집에서. 왜 눈에 들어온 이 녹색 공간에서 나는 기시감을 느끼고 있는 걸까.

슬그머니 드는 생각이 있었다. 〈카르마 플레이〉의 각본을 쓰는 과정에서 머릿속으로 장면을 상상하면서, 난 당연히 공간을 상상하기도 했다. 사이비 종교가 무단으로 점거해 살아가는 회색의 어두운 콘크리트 건물. 진화가 몸을 웅크리고 자는 관처럼 좁은 고시원 방. 일가족이 죽는 이층집. 그 집의 화장실이 어떻게 생겼더라?

길고 좁은 복도식의 구조로 된 욕실 가장 맨 끝에 옅은 연두색 욕조가 보였다. 혹시 내 눈이 지금 나를 속이고 있는 것이 아닐까 싶은 생각이 들었다. 마치 눈앞에 렌즈가 씌워진 것처럼. 어쩌면 내가 있는 이 현실이……

그만, 헛소리는 그만두자. 난 가방을 세면대 아래에 내려놓고 재빨리 욕조로 달려가 그 안에 물을 받기 위해 배수구를 막았다. 뒤에서 인유가 끙끙대는 소리가 들렸다. 난 수도꼭지의 손잡이를 돌려놓은 다음 인유에게 다가가 그를 도와서 김영헌의 몸을 끌어당겼다.

"감독님 몸이 불덩이 같아요."

거세게 나오고 있는 물줄기 소리 때문에 인유의 목소리를 알아듣기가 힘들었다. 난 붕대 사이로 빠져나온 김영헌의 머리카락을 붙잡고 당기며 크게 소리 질렀다.

"빨리 시작해야 해요!"

하지만 인유는 조금 망설이는 것처럼 보였다. 초조한 듯 손이 살짝 떨리는 것이 보였다.

"그런데, 원래 감독님이 쓴 각본에 정말로 그렇게 나와 있었어요?"

"네."

"확실해요?"

난 대답 대신 황당한 농담이라도 들은 것처럼 입을 떡하니 벌리고 인유를 쏘아보았다. 인유가 슬그머니 눈을 내리깔았다.

"물은 차가운 물로 해야 하겠죠?"

"그건 상관없어요. 걱정 말아요."

"혹시 악령이 차가운 걸 오히려 좋아하지는 않겠죠?"

"아니."

난 결국 참지 못하고 벽을 주먹으로 때렸다. 섣부른 행동이었다. 손가락뼈가 그대로 딱딱한 벽에 부딪혔다. 내가 손을 놓치는 바람에 김영헌의 머리가 바닥에 부딪히면서 큰 소리가 났다.

"중요한 건 물이 악령에 잡힌 사람을 충분하게 적실 수 있을 만큼 있느냐, 이거잖아요. 차갑냐 덥냐 이건 중요한 게 아니고. 잘 알지 않아요?"

인유가 내 주먹을 흘깃 보았다. 그리고 서서히 내 얼굴로 시선을 돌리더니 작게 웃었다.

"되게 잘 아시네요."

실실 웃는 그 얼굴을 본 순간 난 주먹을 펴고 벽에서 손을 뗀 다음 다시 김영헌의 어깨를 붙잡고 끌어당겼다.

나는 왜, 어떻게 그런 글을 썼을까. 그 글을 쓰면서 내가 무슨 생각을 했었지? 기억이 몽롱했다. 김영헌이 내 글을 훔쳤다는 것을 알기 전의 기억이 흐릿했다. 마치 불타올라서 재만 남은 것처럼. 그리고 얘는 내가 혼자서 방에 틀어 앉아 자신과 씨름하며 쓴 글을 미리 읽어 보기라도 한 것처럼, 아니 정말로 직접 겪은 것처럼 얘기할까. 이상했다. 정말, 정말 이상했다. 순간 머리에 피가 통하지 않는 것처럼 어지러운 기운이 들었다. 내가 입술을 꽉 깨물고 잘근잘근 씹자 인유가 말을 걸었다.

"그냥 따뜻한 물로 틀어 놓지 그러셨어요. 물에 들어가야 하는데."

인유가 쓸모없는 소리를 해서 다행히 깊고 쓸데없는 생각에서 빠져

나왔지만, 딱히 고맙지는 않았다. 제발 그만 좀 나불대고 팔에 힘이나 좀 더 줬으면 좋겠다는 생각이 들었다. 도대체 남자 몸 하나 옮기는 것이 이렇게 힘을 들여야 하는 일인지.

물이 반쯤 차오른 욕조 안에 발을 들인 다음 김영헌의 몸을 천천히 물 안으로 눕히자 그의 몸이 조금씩 움직이는 것이 느껴졌다. 이제 완전히 정신을 차렸는지 은근슬쩍 욕조 안에 편한 자세로 있으려고 몸을 움찔거리는 모양새였다. 지금 익사라도 한다면 내가 곤란해지기 때문에 난 그의 머리가 완전히 물에 빠지지 않게 그의 상체를 욕조에 기대게 한 다음 밖으로 나왔다.

인유가 욕조 바깥으로 빠져나와 있는 김영헌의 다리를 안으로 집어넣었다. 그러자 욕조 안의 물이 넘치더니 바깥으로 흘러나왔다. 사실 이미 온몸이 다 물에 젖은 상태였기에 별 상관은 없었는데도, 인유와 나 둘 다 슬쩍 뒤로 물러났다. 가까이 있고 싶지 않다는 비슷한 생각을 한 것 같다. 물이 김영헌의 턱 끝까지 온 다음이 되어서야 난 수도꼭지를 잠갔다. 김영헌은 아무런 움직임이 없이 가만히 물 안에서 자리하고 있었다. 마치 관에 집어넣기 전 천으로 칭칭 감겨 놓은 시체 같았다.

잠시 그를 바라보고 있던 우리는 천천히 고개를 돌려 서로를 마주 봤다. 먼저 입을 연 것은 나였다.

"붕대 풀어야 하는데."

인유가 크게 한 번 침을 삼키더니 고개를 끄덕였다. 그리고 욕조를 향해 세 발자국 남짓한 거리를 걸어간 다음 느릿느릿하게 무릎을 꿇었다. 그가 소매를 걷고 욕조 안에 손을 집어넣어 물을 휘젓자 찰랑거리는 소리가 들렸다. 난 발소리가 들리지 않도록 신발을 벗어서 바닥에 가지런히 놓았다. 그리고 인유의 뒷모습에 시선을 고정한 채 조금씩 뒤로 물러나며 세면대로 걸어간 후, 몸을 꼿꼿하게 세운 상태로 다리를 마구 휘저었다.

　발끝에 뭔가 딱딱한 것이 느껴졌다. 발가락 끝에 힘을 주고 천을 붙잡아 가방을 당기려고 한 순간, 인유가 고개를 뒤로 돌려 나를 보았고 난 다급히 발에 힘을 빼고 슬쩍 다리 뒤로 가방을 숨겼다. 괜히 어색한 웃음이 나왔다. 인유가 입을 열었다.

　"그런데 물에 완전히 가라앉으면 위험하지 않을까요?"

　"네, 숨은 쉬어야 하니까 얼굴은 물 밖에 나와 있어야 해요."

　그렇게 말했지만 인유는 영 만족스럽지 않은지 계속 김영헌의 얼굴을 물속에 집어넣으려고 했다. 내 말을 듣고도 계속 저러는 것은 조금 짜증이 났지만 김영헌이 물고문을 당하는 것을 보는 것이 좋긴 해서 별다른 말을 더 하지는 않았다.

　발밑에 있는 가방을 발가락으로 슬며시 누르니 아까 느꼈던 날카로운 칼날의 촉감이 다시 느껴졌다. 난 인유의 어느 곳을 칼로 찔러야 몸

싸움을 벌이지 않고 한 방에 보내 버릴 수 있을지 고민하면서 물에 젖은 그의 몸을 위에서 아래로 훑으며 찬찬히 살폈다.

인유가 완전히 젖은 옷의 소매를 걷었다. 얼굴을 집어넣는 것은 결국 포기한 모양이었다. 그때 내 눈에 인유의 손목에 새겨진 자국들이 세세하게 보였다. 얇고 예리한 것으로 베어 낸 듯한 상처가 서로 겹쳐져 무수히 자리하고 있었다. 상처 위에 새롭게 돋아난 살들이 금속에 자잘한 기스가 난 것처럼 하얗게 올라와 있었다. 그중 몇몇은 망설임의 흔적이 보였고 몇몇은 확실한 결단의 흔적이었다.

손목에 가장 가깝게 다가온 길고 굵은 상처 하나를 몇 개인지 세기도 어려울 정도로 많은 여러 개의 가로로 그어진 상처들이 둘러싸고 있었다. 그 상처들은 제각기 다른 방향으로 뻗어져 나가고 있었고 그중 몇 개에는 반창고가 붙어 있었다. 신선한 상처. 마치 글자를 새기려고 한 것처럼 묘하게 겹쳐진 줄들도 보였다.

인유가 시선을 느끼고 나를 바라보았다. 난 미처 그 눈길을 피하지 못했다. 인유가 날 빤히 보면서 상처 하나를 손톱으로 살살 긁더니 이렇게 말했다.

"가려운 걸 못 참는 편이라."

그러고는 손가락으로 그 부분을 꾹 눌렀다. 나에게서 그 상처를 감추려는 것처럼 보였다. 하지만 손가락 사이로 교차된 두 개의 선이 보였다. 이상하게, 난 그 말이 무슨 뜻인지 단번에 알아차렸다. 왜냐면, 진화도 그렇게 말했을 거니까. 민망하다는 듯이 웃으면서.

인유가 욕조 아래에 놓인 비닐봉지에 손을 집어넣고 테이프를 꺼낸 다음 길게 떼어 내더니 이빨로 끊어 냈다. 노란 테이프. 전체적으로 녹색인 화장실과 굉장히 어울리는 색깔이었다. 이런 디테일이 지금 생각난 것이 억울할 정도로. 영화에 이런 의식 장면이 들어갔다면 좋았을 텐데.

"먼저 한 줄 직선으로 발이 있는 부분에 가로로 붙이고, 그다음에 테이프 두 개를 십자가 모양으로 교차되게 따로 붙이면 돼요."

인유가 고개를 끄덕이더니 길게 뜯어낸 테이프를 욕조 위 테두리의 끝과 끝에 붙이기 시작했다. 난 다리가 아픈 듯이 무릎을 조금씩 주무르면서 슬그머니 자리에 주저앉았다.

인유가 테이프를 붙이는 것에 열중하며 나에게 등을 돌리자마자 난 다리 사이에 있는 가방을 조심스럽게 열었다. 단출한 내부가 눈에 들어왔다. 핸드폰, 민트 사탕이 들어 있는 틴 케이스, 카드 지갑, 그리고 칼. 날카로운 칼날에 화장실 조명이 반사되어 눈을 찔렀다.

"이렇게 하면 될까요?"

인유의 부드러운 목소리가 내 귀에 천둥소리처럼 들려왔다. 난 자연스럽게 가방을 슬쩍 옆으로 밀고 고개를 올려 인유를 보았다. 테이프를 도대체 어떻게 붙인 건지 인유의 얼굴까지 물에 젖어 축축한 머리카락이 뺨에 붙어 있었다. 난 몇 걸음 앞으로 걸어가서 찰랑거리는 물이 넘칠 듯 말 듯 아슬아슬하게 채워진 욕조에 붙여진 테이프의 상태를 살폈다. 그리고 방긋 웃은 다음 엄지를 척 들어 보였다.

"네, 잘하셨어요."

인유가 씩씩한 유치원생 같은 미소를 지으며 방긋 웃더니 욕조 바깥으로 나왔다. 팔에 난 상처를 굳이 감출 생각이 없는 것 같아서 난 이제 그냥 대놓고 쳐다봤다. 십자가인지 X인지 구분이 안 되는 문양들이 몇 개 보였다.

다시 부스럭거리며 봉지를 뒤지는 소리가 들리고 인유가 티셔츠를 꺼냈다. 우리 둘이서 옷장을 뒤지면서 찾아낸 유일한 하얀 옷이었다. 퀴퀴한 냄새가 풍기는 옷으로 가득한 방 안에서 둘이서 땀을 뻘뻘 흘리며 간신히 찾았다. 설마 하얀 셔츠 하나가 없을 줄이야. 하얀 옷으로 특정 짓지 말고 그냥 아무거나 얼굴에 덮어도 된다고 말할 걸, 얼마나 후회했는지. 겨우 인유가 빨래 바구니 맨 밑바닥에서 찾아낸 하얀 티셔츠의 중앙에는 활짝 웃는 노란색 얼굴이 그려져 있었다.

"분명 얼굴을 다 감싸야 한다고 했죠? 확실해요?"

"네, 얼굴을 다 감싸야 해요. 혹시 찢어지기라도 하면 안 되니까 입에는 붕대를 집어넣어 놔야 해요."

혹시나 김영헌이 소리를 지르거나 헛소리를 하지 못하게, 또 그냥 입에다가 가축처럼 재갈을 물려 버리고 싶기도 하고, 겸사겸사.

"아, 그러고 보니까 손하고 발도 테이프로 묶을걸……."

"그냥 해요. 괜찮아요."

인유가 눈을 감더니 한번 깊게 숨을 들이마시고 내뱉었다. 그리고 욕조로 다시 들어가면서 테이프 사이로 조심스럽게 다리를 집어넣었다. 물 밑으로는 발로 김영헌의 양손을 밟고 있었다. 그렇게 하면 저항이 더 적을 것이라고 인유가 제안한 아이디어였다. 무슨 일이 있어도 욕조 테두리에 붙여진 결계인 테이프가 떨어지면 안 된다고 했더니 그럼 자기가 김영헌의 몸을 짓밟고 있겠다고 호기롭게 말했다. 난 그러라고 했다.

"표식……."

인유가 주머니에서 조그만 커터 칼 조각을 꺼냈다. 난 지금 인유가 방심한 틈을 노려 그를 습격해 죽여야 한다는 사실도 잊어버리고 눈앞에서 곧 펼쳐질 광경에 대한 기대로 가득 차 구경을 하고 있었다. 심장이 두근거렸다. 꽤나 흥미진진하게 느껴지기까지 했다. 마침내 인유의 손가락이 붕대 사이를 파고들어 갔다.

그 순간 이미 죽은 것처럼 가만히 누워 있던 김영헌이 다시 저항을 시작했다. 가만히 누워서 힘을 비축해 놓고 있었던 것인지 나름 격렬한 몸부림에 욕조의 물이 마구 솟구쳐 올랐다. 물론 팔다리가 묶여 있고 힘도 빠진 상태라 인유는 별다른 노력 없이 그를 바로 제압할 수 있었다.

김영헌의 목을 한 손으로 붙잡은 상태에서 얼굴의 붕대를 거칠게 잡아서 푸는 인유의 뒷모습을 가만히 보고 있던 나는 슬며시 칼의 손잡이를 붙잡고 가방에서 꺼냈다. 칼을 등 뒤로 감춘 다음 자리에서 일어났다. 발밑이 축축했다. 양말이 순식간에 젖어서 벗어 버릴까 했지만 지금은 그런 쓸데없는 것에 신경 쓸 여유가 없었다. 발을 내딛자 찰박거리는 소리가 들렸다. 굳이 그럴 필요는 없겠지만 그래도 소리가 나지 않도록 발을 바닥에 착 붙이고 앞으로 나아갔다.

"테이프 절대 안 떨어지게 조심해요."

"알아요, 걱정 마세요."

인유가 한 손으로는 김영헌의 입에 풀었던 붕대를 집어넣고 다른 손으로는 커터 칼의 칼날을 밀어냈다. 드르륵하는 소리가 들리자 김영헌의 눈동자가 위아래로 흔들렸다. 칼끝이 이마에 닿고 스윽 미끄러졌다. 이마 끝에서 눈썹 사이에 생긴 긴 세로줄에서 빨간 피가 왈칵 흘러내리면서 김영헌의 눈가로 새어 들어갔다.

"문양 똑바로 해야 해요!"

내가 소리 지르자 인유가 얼굴을 움직이지 않은 채로 작게 고개를 끄덕였다. 분명히 열심히 다가가고 있었지만, 도저히 인유에게 가까워지고 있다는 느낌이 들지 않았다. 인유에게 시선을 고정해야 했지만 난 그 대신 피가 줄줄 흘러내리는 김영헌의 이마를 보고 있었다. 피가 조금 심하다 싶을 정도로 많이 흘러내리고 있었다. 그 조그마한 상처에서 나는 피 냄새가 어느새 화장실 내부를 채우기 시작하자 속이 울렁거렸다.

인유가 다시 칼날을 이마에 대고 이번에는 작은 선을 두 개 그어서 십자가를 완성한 다음 밑에 또다시 가로줄을 새겨 넣었다. 김영헌의 잘린 이마 살가죽이 너덜너덜해졌고 더욱더 많은 피가 흘러내렸다. 정말 토악질이 나올 것 같다. 이렇게 냄새가 심할 리가 없는데. 마치 피가 흘러나오자마자 썩어 버리고 있는 것 같았다.

"티셔츠!"

천을 덮으면 이 냄새가 조금 덜하겠지 싶었다. 인유가 티셔츠를 김영헌의 얼굴에 씌웠다. 천에 피가 스며들면서 노란색의 웃는 얼굴이 새빨갛게 물들기 시작했다.

"이제 뜨거운 물을 틀어서 얼굴에 부어요."

내 목소리가 이상하게 들렸다. 마치 내 목이 아니라 다른 먼 곳에서 나오고 있는 것처럼.

"해야 할 일을 해."

왜 그 말이 튀어나왔는지 모르겠다. 인유가 노려보는 듯한 눈으로 나를 잠시 바라보았다. 샤워기를 향해 손을 뻗으면서 다른 손으로는 김영헌의 얼굴을 물에 밀어 넣었다. 욕조에 붙은 테이프를 망가뜨리지 않으려 불편한 자세로 서 있다 보니 갈수록 더욱 다급하게 저항하는 김영헌을 막는 것이 조금 힘들어 보였다. 한쪽 손으로 물속으로 김영헌의 얼굴을 밀면서 샤워기를 놓치지 않으려고 애쓰던 인유가 말했다.

"인혜 씨, 도와주세요!"

그가 나를 보기 위해 고개를 틀려고 하는 순간, 난 화장실이 울리도록 쩌렁쩌렁하게 소리 질렀다.

"눈 떼면 안 돼요!"

그러자 인유가 수도꼭지를 틀었고 샤워기에서 거센 물줄기가 뿜어져 나왔다. 수증기가 모락모락 피어나는 뜨거운 물이 김영헌의 얼굴에 그대로 적중했다. 김영헌의 입에 들어간 물이 턱을 타고 줄줄 흐르는 것이 보였다. 김영헌의 얼굴이 기괴하게 일그러졌고 크게 울부짖는 소리가 욕실을 울렸다.

인유가 수도꼭지를 잠그고 샤워기를 내던졌다. 그러자 김영헌이 몸부림을 치면서 묶인 손으로 얼굴에 욕조의 물을 마구 튀겼다. 차가운 물에 얼굴을 담그려는 모양이었다. 난리 통에 입에 들어가 있던 붕대 뭉치가 빠져나온 건지 입에서 나오는 말소리가 컸지만 물에 젖은 티셔츠에 막힌 상태여서 그는 제대로 된 말을 하지 못했다. 숨을 쉬기도 어려울 것이다. 그가 입으로 숨을 쉬려고 하는 순간마다 빨갛게 물든 천이 입안으로 쑥 파여 들어가면서 그의 숨을 삼켰다.

인간이 아니라 짐승에 가까운 모습이었다. 길게 이어지던 통곡 소리도 서서히 끊겼다. 물비린내와 지독한 피 냄새가 섞여서 풍겨 왔다. 금방이라도 기절할 것처럼 머리가 어지러웠다. 그때 김영헌의 옆얼굴이 꼿꼿하게 물 위에 솟아오른 상태에서 갑작스럽게 굳었다.

"찢어요, 인유 씨."

"네?"

인유가 당혹스러운 목소리로 물었다.

"티셔츠, 감독님 숨 못 쉬세요, 저러다가."

그래, 이제 그만. 더 이상 계속하면 인유를 찌르기도 전에 내가 먼저 쓰러질 것 같았다. 인유가 샤워기를 다시 제자리에 놓은 다음 주머니에서 칼을 꺼내 김영헌의 얼굴에 가져갔다.

입 부근의 천을 찢자 잔뜩 벌려진 그의 입 사이로 아무렇게나 막 튀어나온 이빨이 보였다. 인유와 나 둘 다 그를 멍청하게 쳐다보기만 했다. 곧 물 바깥으로 튀어나와 있던 그의 얼굴이 미끄러지듯 욕조 안으로 깊숙이 빠져 들어갔다.

이제 그의 몸의 모든 부분은 흔적도 없이 물 아래로 사라졌고 수면 위로 작은 물방울이 올라오는 상태가 될 때까지 김영헌은 올라오지 않았다. 난 인유가 곧바로 김영헌의 목을 붙잡고 그를 물 밖으로 끌어낼 것이라고 생각했지만, 인유는 그저 멍하니 물을 바라만 보고 있었다.

난 내가 지금 손에 쥐고 있는 물건과 그것의 목적도 잊어버리고 그들을 향해 걸어갔다. 그저 지금 인유가 무엇을 보고 있는 것인지 궁금했다. 인유가 욕조 안으로 고개를 숙였다. 물 흐르는 소리가 끊긴 욕실 안은 마치 일시 정지된 영화의 장면처럼 보였다. 난 슬며시 칼을 다시 등 뒤로 숨겼다.

"이제 뭘 하면 되죠?"

인유가 물었다. 난 다시 정신을 차렸다.

"알려 줄게요. 지금 의식대로 잘되고 있는 거 알죠? 걱정하지 마세요. 이제 욕조에서 나오셔도 돼요."

내 말에 착실하게 따른 인유는 몸을 욕조에서 빼낸 다음에도 어항을 보는 고양이처럼 욕조의 물과 그 아래에 있는 김영헌에게 시선을 고정하고 있었다. 찰랑거리는 수면 위를 아슬아슬하게 닿지 않을 정도로만 욕조의 위 테두리에 붙여진 테이프가 팽팽했다. 인유가 양손을 욕조의 가장자리에 붙이고 허리를 굽히며 무릎을 꿇고 앉더니 고개를 숙였다. 그 완벽하게 무방비한 뒷모습을 본 난 손에 든 칼 손잡이를 더욱 세게 쥐었다.

목, 목, 목, 목.

칼을 쥐고 있는 손을 등 뒤로 숨겨 두 손으로 손잡이를 잡고 칼날이 아래로 향하도록 한 다음 다시 앞으로 꺼냈다. 푹 숙여 뼈가 드러난 하얀 목에 시선을 고정했다. 한 번의 기회였다. 갑자기 인유의 손이 물속으로 들어가 김영헌의 몸을 붙잡았다. 난 이제 겨우 한 발자국 정도의 거리만 남겨 놓은 상태였다.

인유의 어깨 너머로 물속의 김영헌의 얼굴이 보였다. 티셔츠가 반쯤 벗겨져 있었고 그 사이로 보이는 김영헌의 커다랗게 확장된 검은 동공이 일렁이는 물살에 흩날리고 있었다. 칼을 위로 높이 쳐들자 인유의 목에 그림자가 드리워졌다. 난 그대로 칼을 내리꽂았다.

하지만 칼은 인유의 목에 꽂히지 않았다. 김영헌이 묶인 손을 인유의 목에 걸치고 잡아당겨 버리는 바람에 그의 상반신이 안쪽을 향해 기울어진 탓이었다. 대신 칼날은 목의 한참 밑에 있는 날개 뼈 부근에 박혀 들어갔다. 그마저도 깊게 박히지 못했기에 겨우 살가죽이 조금 그어졌을 뿐이었다. 설상가상으로 난 당황한 나머지 칼을 손에서 놓쳐 버렸다.

타일 바닥에 칼이 떨어지면서 챙 하는 요란한 소리가 울려 퍼졌다. 칼은 물로 흥건한 바닥을 타고 내 뒤로 죽 떠밀려 갔다. 난 그대로 뒤로 넘어졌다. 바닥에 엉덩방아를 찧자 알싸한 통증이 허리를 타고 올라왔다.

물거품이 올라오는 소리와 함께 인유의 팔이 버둥거리는 것이 보였다. 그의 얼굴은 완전히 수면 아래에 있었다. 좁은 욕조 테두리에 공을 들여 붙여 놓은 테이프가 인유의 머리에 달라붙으면서 뜯어지기 시작했다. 물에 젖으면서 테이프의 접착력은 거의 없어진 상태였다. 이게 진짜 의식이었다면 우린 모두 죽은 목숨이다. 김영헌의 손에서 힘이 풀리고 속박에서 벗어난 인유가 머리를 욕조 바깥으로 꺼냈다. 무릎을 꿇은 상태에서 거칠게 숨을 내쉬는 그의 얼굴은 달라붙은 머리카락 때문에 잘 보이지 않았다.

당장 도망을 쳐야 했지만 몸이 움직이지 않았다. 마치 내 몸을 둘러싼 주변의 시공간이 길게 늘어지고 있는 것 같았다. 욕조에서 피가 섞인 물이 넘쳐흘렀다. 인유가 흘린 피와 김영헌의 피가 섞여 나오면서 점점 더 피의 양이 늘어나기 시작했다.

검고 둥그런 머리가 물 바깥으로 불쑥 튀어나왔다. 마치 잘려 나가서 물에 떠다니는 것 같은 김영헌의 머리가 서서히 옆으로 돌더니 나와 시선이 마주치면서 이마에 달라붙은 머리카락 사이로 그의 눈동자가 보였다. 반쯤 튀어나와 있는 얼굴에서는 피가 멈출 생각을 하지 않고 줄줄 흘러나오고 있었다. 입은 보이지 않았다. 하지만 난 그가 지금 날 보고 웃고 있는 것이 확실하다고 생각했다.

내 발목을 붙잡은 축축한 손이 그대로 다리를 잡아당겼고, 난 힘없이 바닥에 눕혀졌다. 딱딱한 바닥에 머리를 부딪힌 고통도 잠시, 인유가 내 목과 얼굴을 동시에 붙잡고 조르기 시작해 숨을 쉬는 것이 곤란해졌다. 그는 철저하게 왼손으로 나의 코와 입을 막고 오른손으로는 목을 조여왔다. 손과 팔을 마구 할퀴고 때렸지만 소용이 없었다. 서서히 내 온몸에 힘이 빠져 가는 것이 느껴졌다.

그런 와중에도 그의 팔을 타고 내 입가로 흐르는 물에 그와 김영헌의 피가 섞여 있다는 사실에 구역질이 났고, 등에 닿는 물이 축축해서 불편하다는 생각이 들었다. 어찌나 태평한 생각인지. 정말 인간은 자기가 죽기 전에는 죽을 수도 있다는 생각을 하지 않는구나. 심지어 죽음의 문턱에 있는 상황에도.

내가 여기서 죽는다고? 이렇게? 에이. 이상하게 자꾸 웃음이 나오려고 하는 것처럼 목 안쪽이 간질간질했다. 고통이 강해지면 강해질수록 이 모든 상황이 더욱 비현실적으로 느껴졌다.

"아……으……아……."

목을 졸리고 있는 사람은 난데 정작 몸을 가누지도 못할 정도의 극심한 고통에 시달리는 듯한 소리를 내는 것은 인유였다.

"왜 그랬어요, 왜."

이번에는 날 기절시키려고 하는 것은 아닌 것이 확실했다. 다리를 움직여서 타격을 가하려고 했지만 내 몸 위에 올라탄 육중한 무게를 이기기에는 역부족이었다. 얼굴에 무언가 축축한 것이 떨어졌다. 인유의 눈물이 떨어지고 있는 줄 알았는데, 얼굴과 머리카락에 맺힌 물방울이었다. 인유는 울고 있지 않았다. 아마도. 사실 물이 눈가 주변으로 떨어지고 있어서 앞을 잘 볼 수가 없었다.

"거짓말을 왜 했냐고."

거짓말? 그렇게 말하는 얼굴은 점점 더 분노에 휩싸이고 있었다. 난 인유가 내가 자기를 죽이려고 한 것에 화를 내는 것인지, 아니면 혹시 내가 김영헌과 카르마 플레이에 대해서 거짓말을 했다는 것을 은연중에 깨닫고 그 사실에 화를 내는 것인지 궁금했다. 어쩌면 그 말에 잠깐이나마 반자발적으로 속아 넘어간 자기 자신에게 분노한 것인지도 모르겠다.

좁아진 식도로 꺽꺽거리는 소리가 나면서 공기가 가까스로 빠져나갔다. 긍정적으로 생각하면 이번에는 날 기절시키려고 했을 때와는 달리 그의 손에 힘이 세게 들어가지는 않았다. 그래서 비교적 숨을 쉬는 것이 쉬웠다. 나름 여유가 있어서 잡생각을 좀 하거나 팔을 움직이는 것도 더 쉬웠고.

난 인유의 팔뚝을 붙잡고 어떻게든 반창고가 붙여진 곳을 찾았다. 까끌까끌한 반창고가 느껴졌다. 흥건하게 물에 젖은 반창고를 떼어 내는 것은 어렵지 않았다. 난 갈라진 틈을 더듬거리면서 찾은 다음 손톱을 세워서 그 안으로 집어넣었다. 상처는 예상보다 깊었다. 피가 손가락을 타고 흐르는 것이 느껴졌다.

"아악!"

인유의 오른쪽 팔이 움찔거리며 바로 반응을 보였다. 난 손가락을 넣을 수 있는 만큼 최대한 깊이 집어넣었다. 피부 아래에 있는 꿈틀거리는 근육이 닿을 때까지. 인유가 오른쪽 손을 부여잡으면서 뒤로 물러나자

난 그의 밑에 있던 다리를 빼내 무릎을 한 번 굽힌 다음 얼굴을 겨냥해 다리를 뻗었다.

얼굴 정중앙에 발이 꽂히자 인유의 몸이 기우뚱거리다 뒤로 넘어지고 육중한 소리를 내며 욕조에 부딪혔다. 몸을 돌린 난 무릎을 꿇은 상태에서 바닥을 엉금엉금 기었다. 칼은 문 가까이로 떠밀려 간 상태였다. 무릎뼈가 아스러질 것 같았지만 힘을 내서 기어갔다.

살기 위해서는 어떻게든 칼을 잡아야 했다. 손끝에 칼 손잡이의 감촉이 닿자마자 손을 꿈틀거려서 겨우 움켜쥐었다. 칼을 붙잡자마자 내 발목을 붙잡는 우악스런 손길이 느껴졌다. 난 다시 끌려가고 있었다.

하얀 얼굴에 달라붙은 검은 머리카락 사이로 빨갛게 충혈된 눈동자가 보였다. 인유의 입에서는 알 수 없는 말들이 새어 나오고 있었다. 인유의 입꼬리가 살짝 올라가 갈라진 입술 사이로 꽉 다물어진 이빨이 보였다.

망설일 시간이 없었다. 난 크게 칼을 휘둘렀다. 칼은 부드럽게 인유의 팔로 들어가 살 안에 중간 정도 박혔다. 그렇지만 충분한 타격이 되지는 않았다. 난 다음엔 허벅지를 노려 온 힘을 다해 양손으로 칼을 꽂아 넣었다. 인유가 소리를 지르며 벌떡 일어서자 난 다시 한번 없는 힘을 최대한으로 쥐어짜 내 인유의 허벅지에서 칼을 빼낸 다음 뒤로 황급히 도망쳤다.

인유의 팔과 허벅지에서 피가 왈칵 흘러나오며 옷을 적시고 있었다. 피가 흘러나오는 팔과 허벅지를 보던 인유는 다시 무릎을 꿇고 주저앉더니 앞으로 몸을 숙이며 고꾸라졌다. 바닥에 엎어진 그의 주변으로 피 웅덩이가 생겨나기 시작했다.

난 세면대를 붙잡고 자리에서 일어난 다음 가방을 챙기고 다시 칼을 집어넣었다. 그리고 문손잡이를 붙잡고 잠시 기다렸다. 그는 내가 문을 열고 욕실에서 나갈 때까지 움직이지 않았다.

이제 끝이었다.

*

욕실 문을 열고 나오는 데만 장장 10분가량이 걸렸다. 다리가 심하게 떨려 몸을 가누기가 어려웠다. 몸에서 물 냄새와 피비린내가 풍겨 코를 찌르는 통에 헛구역질이 자꾸만 나와 걷다가 멈춰서 딱히 어쩌지도 못하고 가만히 서 있기를 반복해야 했다. 벽을 짚고 나아가면서도 계속해서 뒤를 돌아봤다. 돌아보는 순간마다 욕실 문은 굳게 닫혀 있음에도 불구하고, 귓가에서 계속 샤워기에서 물이 쏟아지는 소리가 들리는 것 같았다. 난 어깨에 멘 가방끈을 다시 고쳐 메고 걸음을 재촉했다.

복도를 나온 다음에는 발걸음이 조금씩 더 빨라졌다. 갑자기 기력을 회복한 것처럼 다리가 저절로 움직여졌다. 나는 달렸다. 뒤도 돌아보지 않고 곧바로 현관문을 향해서 달려갈 생각이었다.

그때 오른쪽 복도에서 문이 거칠게 열리면서 벽에 부딪히는 소리가 들렸다. 물에 젖은 천이 바닥에 달라붙는 소리가 뒤따랐고 굳이 보지 않아도 무슨 일이 벌어지고 있는지 파악한 난 황급히 현관문을 향해 달려갔다. 하지만 여전히 문에는 무려 세 개나 되는 잠금장치가 달려 있었고, 인유가 모두 확실하게 잠가 둔 것이 분명했다. 어이구, 철저하기도 해라.

김영헌같이 겁도 많은 인간이 왜 이런 외딴집에 혼자 사나 싶었더니. 역시나. 겁도 많고 유약한 주제에 신중하게 생각도 하지 않고 밤중에 문에다가 총을 쏴도 아무도 듣지를 못할 이 첩첩산중에 집을 지어 놓고 누가 쳐들어오기라도 할까 봐 하나하나 고르고 골라서 자물쇠와 체인, 도어 록을 설치한 것이 가증스러웠다. 쓸데없는 것에 괜히 철저해서는.

걱정이 많긴 했던 모양이다. 이렇게 주렁주렁 달아 놓고 결국엔 저 꼬라지가 된 것이 우스웠다. 이 개새끼. 정말 끝까지 나에게는 조금도 도움이 되지 않고 엿을 먹이는구나.

덜덜 떨려 오는 손으로 문손잡이의 잠금장치를 돌리고, 도어 록의 버튼을 눌렀다. 내 얼굴이 비쳐 보일 정도로 깨끗한 안전 고리의 은색 체인을 손으로 잡은 순간, 내 목덜미를 붙잡은 우악스런 손길이 나를 잡아당겼고 난 그대로 바닥에 넘어졌다.

"씨발년."

등 뒤에서 생생하게 들리던 거친 숨소리와 내 옷을 파고들던 축축한 손가락은 날 바닥에 넘어뜨린 이후 갑자기 멀어졌다. 넘어진 상태에서 고개를 들자 온몸이 젖은 인유가 숨을 헐떡이면서 간신히 일어선 채로 나를 노려보고 있었다.

내가 칼로 찌른 부분을 손으로 꾹 누르고 있는 것을 보니 나를 붙잡고 당기자마자 극심한 통증을 느껴서 붙잡고 있던 손을 놓은 모양이었다. 난 이젠 인유의 등 뒤로 보이는, 체인 하나만 남겨 놓고 나와 바깥세상을 막고 있는 문을 보면서 내가 과연 인유와 싸워서 이길 수 있을지 생각했다.

승산이 아예 없지는 않았다. 인유는 여전히 적지 않은 양의 피를 흘리고 있었고, 만약 내가 다시 상처를 노려서 공격을 제대로 한다면 완전히 쓰러뜨리는 것도 가능해 보였다.

하지만 방금 날 붙잡고 바닥에 내팽개친 인유는 칼에 찔린 사람이라고 믿을 수 없을 만큼 힘이 셌고, 무엇보다 날 바라보는 눈빛에 흉흉한 살기가 느껴졌다. 인유의 얼굴에 맺힌 물방울이 바닥에 떨어지는 것이 생생하게 느껴질 정도로, 나는 인유의 얼굴을 집요하게 바라보았다. 어떻게든 여기서 나가야 했다.

혹시 다른 탈출구는 없는 건가? 거실 앞에 있는 거대한 창문들에 잠금장치가 설치되어 있는지 슬쩍 보고 싶었지만, 인유에게서 눈을 뗐다간 공격당할지도 모른다는 생각에 시선을 뗄 수 없었다. 잠시라도 한눈을 팔면 큰일이 날 것 같은, 무시할 수 없는 아주 불길한 예감이 들었다.

"창문도 잠겨 있어요."

인유가 허리를 세우고 어깨를 펴며 말했다. 내 생각을 읽으셨군.

"창문 하나에 잠금장치가 두 개나 달렸더라구요."

어쩌면 거짓말일지도 모른다. 어쩌면 김영헌이 멍청하게 문에만 잠금장치를 달고 창문은 별다른 생각을 안 했을지도 모른다. 내가 직접 보지는 못했으니까. 하지만 그렇다고 해도, 내가 지금 창문으로 접근할 수 있을까? 이럴 줄 알았다면 현관으로 달려갈 것이 아니라 차라리 복도에 있는 방 중 하나로 들어가서 창문을 찾아봤어야 했는데.

일단 호흡을 가다듬을 필요가 있었다. 그래, 이제 와서 후회해 봐야 쓸모없는 짓이다. 괜히 바깥에 나가 펼쳐진 빽빽한 나무들 사이에서 추격전을 벌이며 개고생을 하느니 차라리 이 안에서 끝장을 보는 편이 나을지도 몰랐다. 난 머리를 가다듬고 웃으면서 인유의 눈을 똑바로 쳐다보고 말했다.

"나갈 생각도 없었어."

그리고 가방에서 틴 케이스를 꺼내 인유에게 던졌다. 포물선을 그리며 공중으로 날아간 틴 케이스가 인유의 오른쪽 눈에 명중한 다음 바닥에 떨어지면서 청아한 소리를 냈다. 인유가 손으로 눈을 감싸더니 고개를 숙였다.

난 그사이에 뒤를 돌아 재빠르게 다시 복도로 뛰어갔다. 고작 몇 발걸음의 거리가 너무나도 길게 느껴졌다. 뒤에서 들려오는 다급한 발소리를 최대한 무시하고 가장 가까이에 있는 문의 손잡이를 잡았다. 아름다운 은색 손잡이가 딸깍하면서 내려갔다. 문틈 사이로 보이는 방 안은 어두컴컴했다. 난 들어가자마자 재빠르게 문을 잠그고 문에서 최대한 멀리 떨어졌다.

인유가 문에 몸을 부딪치는 소리가 들려왔다. 난 가방을 꼭 쥔 채 그대로 바닥에 주저앉았다. 등 뒤에 무언가 딱딱한 것이 닿았다. 도대체 무슨 방이지? 발에 치이는 것은 별로 없는데 창고처럼 꿉꿉한 냄새가 났다. 숨을 한번 들이마시는 순간마다 먼지의 입자가 느껴지는 듯했다. 다시 한번 문이 쿵 하는 소리와 함께 옅게 떨리더니 문손잡이를 만지는 소리가 들렸다.

난 겨드랑이에 땀이 차올라 천이 축축해진 가방을 바닥에 던지고 귀를 틀어막은 채 바닥에 몸을 웅크리고 무릎을 꿇고 앉았다. 어차피 인유가 나의 모습을 보지 못하니 굳이 아무렇지 않은 척을 할 필요가 없었다. 난 마음껏 두려움에 떨면서 머릿속으로 노래를 불렀다. 왜 아직까지 기억에 남아 있는지 알 수 없는, 언젠가 길을 걷다가 우연히 들었던 요란 법석한 멜로디에 형편없는 가사가 붙은 댄스곡을.

랩 파트까지 흥얼거리고 난 다음에 귀에서 손을 떼니 세상이 고요했다. 조심스럽게 자리에서 일어난 나는 문틈 아래에서 나오는 은은한 빛을 향해 기어가듯 다가갔다. 문에 귀를 대고 바깥의 소리를 들어 봐도 아무런 인기척이 느껴지지 않았다.

난 새어 나오는 빛을 유심히 살폈다. 아무것도 보이지 않았다. 하지만 그림자가 보일 거라는 것을 알고 바로 옆에서 내가 나오기를 기다리며 준비를 하고 있을지도 모른다는 생각이 들었다. 난 뒤꿈치를 든 상태로 문 근처의 벽에 딱 달라붙어 걸으면서 방의 불을 켤 수 있는 스위치를 찾아서 더듬었다. 조금 끈적한 벽지를 천천히 훑자 불쑥 튀어나온 부분이 느껴졌고 딱딱하게 튀어나온 것을 누르자 딸깍하는 소리와 함께 환한 빛이 켜졌다. 난 날카로운 하얀빛이 쏟아지자 눈을 가늘게 떴다. 서서히 방 안의 모습이 눈에 들어왔다.

음, 좆 됐다. 그건 확실했다. 일단 내가 들어온 방에 창문이 보이지 않았다. 거기다 문을 막을 수 있을 만한 가구는 중앙에 있는 교장실에서나 볼 법한 커다란 책상과 천장까지 닿는 거대한 책장들이 전부였다. 둘 다 내가 절대로 움직일 수 없을.

설상가상으로 천장까지 닿는 거대한 책장들로 벽은 모두 막혀 있었고 두껍고 비싸 보이는 책들이 그 안에 빼곡히 꽂혀 있었다. 꿉꿉한 냄새는 책에서 나는 냄새였다. 빛이 하나도 들어오지 않는 데다가 딱히 청소를 자주 하는 것도 아닌 듯해서 책 위에 소복하게 쌓인 먼지가 눈으로 보일 정도였다.

난 책장으로 다가가 손으로 양 끝을 붙잡고 슬쩍 힘을 줘 보았지만 꿈쩍도 하지 않았다. 혹시나 했지만 역시나. 그래도 간절한 마음으로 혹시나 있을지 모를 핸드폰이나 충전기를 찾기 위해 책상으로 걸어갔다. 책상 앞으로 다가가 서랍을 열려고 하는데 발에 무언가 툭 하고 부딪히면서 딱딱한 느낌이 났다.

의자의 다리였다. 내가 휙, 발로 의자를 밀자 바퀴가 달린 의자가 회전하면서 서서히 옆으로 밀려났다. 그때 책상 밑의 공간에 무언가 있는 것이 보였다. 난 바닥에 무릎을 꿇고 그 물건이 무엇인지 확인했다. 지퍼, 갈색 자국, 파란색 표면, 철로 만들어진 손잡이.

거실에서 보았던 가방이었다.

그때, 사람이 들어 있었던.

난 떨리는 손으로 손잡이를 붙잡고 가방을 책상 아래에서 꺼냈다. 가방의 지퍼 부분에는 처음 보는 청테이프가 덕지덕지 붙어 있었다. 테이프 하나를 통째로 다 쓴 모양인지 여러 겹으로 단단히 붙어 있는 테이프는 손으로 쉽게 떼어지지가 않았다. 무엇보다 내가 손을 대자마자 가방 안에 들어 있는 사람이 자꾸 몸을 이리저리 움직이기 시작해서 가만히 작업에 집중을 할 수가 없었다. 난 결국 참지 못하고 가방을 손으로 퍽퍽 때렸다.

"가만히 있어, 좀."

내가 그렇게 말하자마자 움직임이 멈췄다. 즉각적으로 죄책감이 들었다. 강아지 꼬리를 발로 세게 밟은 기분이었다. 억울함이 치밀어 오르는데 무엇에 풀어야 할지 몰라 더욱 짜증이 났다. 그래도 짜증이 치밀어 오르니 힘이 나서 테이프는 잘 떼어졌다. 몇 미터나 되는 테이프를 다 벗긴 다음 지퍼를 열자 가장 먼저 빠져나온 것은 냄새였다. 무언가 살아 있던 것이 썩어 가는 냄새.

그리고 기다랗고 축축한, 바다에서 막 꺼낸 미역 같은 머리카락. 가방 안에 구겨져 있는 여자가 날 똑바로 쳐다보고 있었다. 기다란 머리카락으로 가려져 얼굴은 제대로 보이지 않았지만 그 사이로 보이는 커다란 눈은 상당히 위압적이었다. 살려 줘서 고맙다고 말하는 눈빛은 절대로 아니었다. 눈을 한 번도 깜빡이지 않고 내 얼굴을 뚫어지게 쳐다보는데 알 수 없는 흉흉한 기운에 순간 가방을 닫아 버릴 뻔했다.

여자가 숨을 거칠게 내쉬더니 기침을 하기 시작해서 난 반사적으로 여자의 팔을 붙잡았다. 팔이 축축하게 땀으로 젖어 있어 손바닥이 미끄러웠다. 여자는 내 손을 뿌리치더니 스스로 일어나 자세를 고치고 앉았다. 그리고 인상을 찌푸리며 스트레칭을 하듯 천천히 목을 돌렸다.

난 홀린 듯 그 광경을 보다가 정신을 차리고 다시 여자의 팔을 붙잡았다. 일단 지금 도대체 무슨 일이 벌어지고 있는지 설명을 해야 했다. 그리고 우리가 어떻게 싸워서 인유를 이겨야 하는지 상의를 해야 했다. 솔직히 여자가 큰 도움이 될 것 같지는 않았지만 그래도 지금은 그런 생각을 할 여유가 없었다

"일어날 수 있겠어요?"

말은 그렇게 했지만 일어날 힘이 있든 말든 상관없었다. 도움이 될지 안 될지는 몰라도 난 지금 손에 잡히는 것은 일단 다 던지고 봐야 했다. 거의 물건을 다루듯이 여자의 팔을 거칠게 붙잡고 잡아당기는데, 처음에는 크게 소리치는 듯하다가 말미로 갈수록 점점 망설이듯 기어들어가는 기묘한 목소리가 들려왔다.

"인유 오빠는 어디 있어요?"

그 말을 듣자마자 머릿속이 하얘졌다. 난 걸음을 멈추고 뒤를 돌아 여자를 마주했다. 검은 틈새로 보이는 여자의 얼굴 속 디테일들이 내 눈 안에 속속들이 들어왔다. 새하얀 피부, 검은 눈동자, 길고 엉망인 머리카락, 굵은 눈썹. 여자의 팔을 붙잡고 있던 내 손이 스르르 풀렸다. 차가운 땀이 목을 타고 흘러내렸다.

오빠? 지금 오빠라고 한 거야? 난 뜨거운 물건을 붙잡기라도 한 것처

럼 황급히 여자의 팔을 놓고 조금 거리를 두며 멀어졌다. 책상에 기댄 상태로 손을 공손하게 앞으로 모으고 살짝 고개를 숙여서 여자의 시선을 피했다. 속으로는 내가 도대체 왜 이렇게 저 여자의 눈치를 보고 있는지 제대로 이해가 되지 않는다는 생각을 하면서. 그 이유를 정확히 파악할 수가 없는 모종의 위압감이 느껴졌다. 이 물에 젖은 새끼 고양이 같은 여자애한테.

도대체 인유와 어떤 관계지? 오빠라고 부르는 것을 보면 가족일지도 몰랐다. 물론 가족이라고 해도 가방에 구겨서 넣은 것을 보면 철천지원수라서 어떻게든 죽여 버리고 싶은 사이일 가능성이 높았다. 그러니까, 적어도 인유는 그렇게 느끼고 있는 것이 분명했다. 그렇지만 만약에 저 여자애는 그 정도는 아니라면? 그래도 핏줄이라고 편이라도 먹는다면 어떻게 하지? 애초에 얘는 내 목숨을 신경 쓸 필요가 없다. 생판 모르는 남이고, 심하게 다친 자길 그대로 버리고 가려고 했으니까.

어쩌면 내가 누구인지 못 알아볼지도 모른다고 생각을 했지만, 사실 그건 순전히 나의 희망 사항이었다. 가방의 지퍼 틈 사이로 내가 입은 옷을 보았을 확률이 높았다. 보지 못했다 하더라도 인유와 내가 대화를 나누는 것을 들었을 테니 내 목소리를 알아보겠지. 지금도 솔직히 내가 어느 정도는 쟤를 일종의 인간 방패로 쓰려고 했던 의도가 없다고는 할 수 없었기 때문에 은근슬쩍 고개를 숙이고 잠시 수치심을 느끼고 있던 와중에 하얗고 깨끗한 발이 나에게 다가오는 것이 보였다.

그녀의 발은 아주 깨끗하고 고왔다. 발톱은 깔끔하게 정리가 되어 있었고 살결에는 굳은살 하나 없었다. 신기할 정도로 분홍빛이 감도는 발이 움직이더니 점점 가까워졌다. 고개를 들자 멀건 얼굴이 나를 쳐다보고 있었다.

"오빠 어디 있어요?"

도대체 뭐라고 대답을 해야 할지 갈피가 잡히지 않았다. 다짜고짜 너희 오빠가 나를 죽이려고 하니까 싸울 준비를 하라고 할 수도 없고, 그렇다고 왜 오빠라는 사람이 너를 가방 안에 넣었냐고 물어볼 수도 없는 노릇이고. 난 목을 가다듬었다. 목 안이 칼칼했다.

"너 이름이 뭐야?"

내가 물었지만 여자는 대답하지 않았다. 조금 인상을 쓰고 있는 것처럼 보이기도 했다. 혹시 초면에 반말을 해서 마음이 상했나. 하지만 뽀얀 피부 때문인지 도저히 나보다 나이가 많아 보이지는 않아서 저절로 반말부터 튀어나왔다.

여자가 큼지막한 손으로 얼굴을 벅벅 문지르고 머리카락을 넘기더니 입고 있는 옷을 가다듬었다. 아주 얇고 조금 누런 빛깔이 도는 흰색 티셔츠는 어울리지 않을 정도로 커서 여자의 허벅지까지 가릴 정도였다. 그 밑에는 반바지를 입고 있었는데, 전체적으로 낡아 보이는 옷들이었지만 세탁을 최근에 했는지 작은 얼룩 하나 없이 깨끗했다. 재질은 아주 얇고 약간 싸구려처럼 보였다. 여자가 머리를 쓸어 넘기더니 티셔츠의 목 부분을 붙잡고 펄럭였다.

"우리 큰일 났어요. 오빠 지금 문 부수려고 연장 찾으러 갔을 걸요? 무식하게 힘만 쓰는 타입이라."

문 근처로 다가간 여자가 손가락으로 문을 두드리자 둔탁한 소리가 났다.

"다행히 문은 두꺼운 것 같아요. 이거 부수려면 힘들겠다, 그쵸."

어두운 색깔의 문은 확실히 두꺼워 보이긴 했다. 최소한 하얀 합판으로 보이던 욕실 문보다는 훨씬 단단해 보였다. 아니, 지금 그게 문제가 아니지 않나? 이렇게 상당히 기괴하고 폭력적인 상황을 그대로 받아들이고 바로 탈출구를 찾으려 하는 여자의 적응력이 신기했다. 그리고 보니 일단 인유가 친오빠가 맞는지 알아야 했다. 둘 다 남의 말은 듣지도 않고 자기 할 말만 하는 것을 보면 같은 피가 흐르고 있는 것 같긴 한데.

"진짜 오빠예요?"

"네, 진짜 친오빠요. 인유 오빠."

"넌……."

"동생인데요."

음, 일단 나에게 좋은 일은 아니군. 그나저나 정말 앳된 목소리였다.

살짝 앵앵거리는 듯 말끝이 조금 흐릿한 어조. 그 때문인지는 몰라도 얼굴이 더욱 어려 보였다. 여자가 아니라 여자애였다. 나보다 훨씬 어린.

"언니는 왜 여기 있어요?"

"나?"

"네."

난 뭐라고 얘기를 해야 할지 몰라서 굳어 버렸다. 솔직하게 말할 것이라면 칼을 산 그날부터 설명을 해야 하나 싶어서 막막한 기분이 들었다.

"언니도 혹시 저처럼 여기 저희 오빠한테 납치돼서 온 거예요?"

"아니, 난 그런 건 아닌데."

너무 많은 정보가 한꺼번에 들어오니 혼란스러웠다. 여자가 고개를 갸우뚱거렸다.

"그럼 여기에 왜 있어요?"

"김영헌 감독님 만나러 왔는데……."

"김영헌? 혹시 그 아저씨요?"

난 입을 꾹 닫았다. 예상치 못하게 튀어나온 이름이었다. 거짓말을 하는 것이 나았나, 아차 싶었다. 얘가 어디까지 알고 있는지, 혹시 다른 의도가 있는지도 알지 못한 상태인데. 여자가 나에게 가까이 다가오더니 내 팔을 붙잡았다. 손이 굉장히 차가웠다.

"언니."

숨결이 느껴질 정도로 가까웠다. 여자가 나보다 조금 더 키가 컸기 때문에 내 얼굴에 그림자가 드리워졌다.

"가방에 핸드폰 같은 거 없어요?"

"어?"

난 가방끈을 찾아 떨리는 손길로 내 어깨를 더듬거렸다. 가방끈이 어깨를 타고 미끄러지더니 가방이 요란한 소리를 내며 바닥으로 떨어졌다. 당황하는 나의 얼굴을 보던 여자의 시선이 내 발밑으로 향했다. 고개를 숙이자 어깨에서 떨어져 활짝 벌려진 가방이 보였다. 그리고 그 안에 들어 있는 피 묻은 날이 훤히 드러난 칼도.

"이 칼은 뭐예요?"

기분 탓인지 몰라도 그 말을 하는 여자의 입꼬리가 슬쩍 올라가는 것처럼 보였다. 딱히 설명을 하고 싶지는 않았지만 괜한 의심을 살 필요는 없었다.

"주방에서 하나 챙겼어."

"칼로 저희 오빠 찔렀어요?"

그 말을 하는데 딱히 화가 나 보이지는 않았다. 난 대답 대신 어깨를 으쓱했다. 올라간 여자의 입꼬리가 내려오지 않는 것을 보니 신경 쓰이지는 않는 모양이었다.

"뭐 물어봐도 돼?"

2장 제물

여자가 어깨를 긁으면서 고개를 갸우뚱했다.

"넌 왜 납치됐어?"

어쩌다가 가방에 들어가는 신세가 되었냐는 질문이었다. 지금 우리가 그런 것을 따져야 하는 타이밍인가 싶긴 했지만.

"제 잘못 아니에요."

잘못? 이상한 대답이네. 거기다 그렇게 말하는 목소리는 조금 떨리고 있었고, 시선은 나를 마주하지 않았다.

"뭐?"

"오빠가 여기까지 끌고 왔어요, 전 싫다고 했는데."

"오빠가…… 혹시 때렸니?"

난 은근슬쩍 여자의 목덜미와 팔뚝 부분을 살폈다. 멍이나 맞은 흔적은 보이지 않았다.

"며칠 전에 연락이 왔어요. 어떻게 알았는지는 몰라도 제 번호로 문자를 보냈더라구요. 연락받고 엄청 놀랐어요. 마지막으로 본 게 거의 10년 전이었거든요. 답을 할까 말까 무지 고민했는데 뭔가, 어차피 언젠가는 만나야지 싶어서 연락을 했어요. 이렇게 된 거 약속도 잡았고, 만나서 못다 한 얘기나 하자 그렇게 생각했죠."

심장이 뛰기 시작했다. 여자가 휘청대는 몸짓으로 내 옆으로 다가오더니 책상에 걸터앉았다. 난 여자의 옆얼굴을 바라보았지만, 머리카락으로 가려져 얼굴은 잘 보이지 않았다.

여자가 자신의 머리카락 사이로 손가락을 집어넣더니 마사지를 하듯 꾹 누르며 나에게 바짝 다가왔다. 아무래도 얘는 사람 사이에, 특히 처음 만난 사이라면 지켜야 하는 퍼스널 스페이스를 잘 모르는 것 같았다. 우리 둘의 거리가 너무 가까웠다. 여자의 숨소리가 들려올 정도였다. 숨을 들이마시고 내뱉는 순간마다 손을 가져다 대면 금이 간 유리처럼 조각이 되어 부서져 내릴 것만 같이 얇은 몸이 들썩거렸다.

"그런데 만나자마자 별다른 얘기도 없이 바로 같이 어디 좀 가자고 해서 이 오지까지 따라왔어요. 여긴 어디냐, 오빠 집이냐, 물어봐도 답을 안 하고……. 그러더니 갑자기 보여 줄 게 있다고 하면서 TV로 영화를 틀더라구요. 자기가 영화관에서 몰래 찍었다나. 그러고는 영화 똑바로 보라고. 저거 우리 얘기라고. 엄마랑 그 사람들, 뭐 이상한 소리를 늘어놨어요. 그것도 충분히 소름 끼치는데 갑자기 그 영화 찍은 감독이라는 남자를 인질로 잡아 놓고 고문을 하려고 하길래 말렸더니……."

난 당연히 인유가 한 말이 현실에 전혀 근거가 없는 허황된 거짓말이며, 이름도 인유가 아닌 다른 지극히 평범한 이름일 것이라는 의심을 하고 있었기 때문에 여자의 증언에 꽤나 충격을 받았다.

"그래서 널 가방 안에 넣었다고?"

"그게 그렇게 신기해요?"

여자가 코웃음을 쳤다. 얼굴을 가리고 있는 검은 머리카락이 찰랑거리면서 그 사이로 양 끝이 조금 위로 올라간 듯한 분홍색 입술이 보였다. 어이가 없다는 듯한 미소였다. 마치 내가 사사로운 부분에 집착을 한다는 것처럼. 이 남매는 싸움이 벌어지면 한쪽을 가방에 가둬 버리는 것이 일상인가. 생각해 보니 인유보다 나이가 어리다면 미성년자일 텐데. 갑자기 내가 어른으로서 무언가 안심이 될 만한 말이나 행동을 했어야 하는 것 아닌가 싶어 입을 달싹거리고 있을 때였다.

"집까지 쫓아와서 사람 죽이려고 한 남자가 여동생을 가방에 넣은 게 놀라운 일은 아니지 않아요?"

여자가 머리카락 끝을 붙잡고 손톱으로 끊으려는 듯 잡아당겼다. 그러고는 고개를 돌려 잠시 다른 곳을 보더니 다시 나를 마주했다. 이번에는 확실하게 알아볼 수 있을 만큼 입꼬리가 올라가 있었다.

"왜 가방에 들어가 있었냐, 그게 그렇게 궁금해요?"

난 대답하지 않았다. 여자가 발로 가방을 툭 건드렸다.

"언니가 왜 여기에 왔고 가방에 칼은 왜 들어 있는지 진짜 이유를 말해 주면 나도 말해 줄게요."

침을 삼키자 피 맛이 났다. 아무래도 도망치다가 혀를 씹은 것 같다.

내가 말을 해야 할까? 뭘 위해서? 왜 가방에 들어가 있었는지 이유 따위는 사실 궁금하지 않았다. 이제 그만하면 됐다는 생각이 들었다. 더 이상 듣고 싶지 않았다. 여자의 이야기가 불쌍하고 끔찍할 것이 분명했기 때문에 더 지긋지긋했다. 지겨웠다. 한계에 다다랐다고 하는 것이 더 정확할 것이다. 서로 구구절절한 사연이나 주고받는 것보다 빨리 여기서 빠져나갈 궁리를 하는 것이 합리적인 일이었다.

"김영헌 죽이려고."

그런데도 입은 열렸고 말은 흘러나왔다. 왜 그랬냐고? 어쩌면 이 여자가 내 말을 들어 줄 유일한, 마지막 사람일 확률이 크다는 생각이 들었기 때문이었다. 사실은 이 방에 발을 들인 순간부터, 빼곡하게 찬 책장으로 가려진 벽을 보면서 난 마음속으로 이미 알아차렸다. 여기가 결국엔, 나의 계획대로 나의 무덤이 될 거라고.

인유가 모든 것을 망쳤다. 아니지, 인유는 아무것도 망치지 않았다. 이 집을 나와 김영헌의 상징적인 무덤으로 삼는 것이 내 계획이긴 했으니까. 오히려 인유가 나에 대한 진실을 까발린 것에 가까웠다. 사람을 죽이는 것도 아무나 하는 일이 아니고, 난 그럴 능력도 깡도 없다는 진실을.

난 김영헌의 이마에서 질질 흘러나오던 검붉은 피를, 인유의 몸에 칼을 쑤셔 박은 순간 느껴지던 꿈틀거리는 근육의 감각을 떠올렸다. 그 순간에 미친 듯이 뛰면서 온몸을 울리게 만들었던 나의 심장과 주체를 하지 못하고 떨리던 사지도.

내가 사람을 죽이는 것은 불가능했다. 이것도 아무나 하는 게 아니다. 그렇다면 남은 길은 하나였다. 그것이 가능한 사람의 손 아래에서 짓밟히는 것. 이젠 인정해야 했다.

"왜요?"

여자가 팔짱을 끼더니 고개를 비스듬하게 기울이고 나를 보았다. 난 침을 한번 삼키고 이렇게 말했다.

"너⋯⋯ 그 영화 카르마 플레이, 봤지."

"네? 네."

"정말 인유 말대로 너희 엄마가 그⋯⋯."

난 뭐라 말을 해야 할지 몰라 입을 벌리고 숨만 내쉬었다.

"영화 내용이 진짜냐구요?"

여자가 인상을 썼다. 원하던 답이었지만 딱 봐도 기분이 상한 듯 보이는 얼굴에 난 조금 움츠러들 수밖에 없었다. 여자가 심호흡을 하듯 숨을 길게 내쉬었다.

"사이비 종교에 있었던 건 맞아요. 엄마가 우리 데리고 나온 것도."

그렇다면. 정말, 진짜라면. 인유가 했던 말이 진짜라면. 내가 쓴 글이 일종의 예시라든가, 현실로 이뤄진 꿈이라든가, 아니면 저주라면. 그렇다면. 그렇다면. 그렇다면. 머리에 구멍이 뚫려 그 사이로 뇌가 녹아내리는 기분이었다. 희열감과 두려움이 동시에 느껴졌다. 여자가 내 눈을 똑바로 쳐다봤다.

"저주, 악령, 살인 이딴 건 당연히 다 거짓말이고 그냥 오빠가 정신이 나간 거예요, 엄마한테 처맞아서."

아, 그렇구나. 당연히 그렇겠지. 난 웃었다. 오늘 나 스스로가 더 멍청하게 느껴지는 것이 가능할지는 몰랐는데 인생은 역시 놀라움의 연속이다.

"이제 언니 차례예요. 왜 죽이려고 했어요?"

"그냥, 직장 상사야."

여자의 한쪽 눈썹이 스르르 올라갔다.

"아…… 그렇구나."

살짝 조소로 느껴지는 웃음, 그걸로 끝이었다. 그냥 그걸로 이해를 하는 건가? 여자의 반응은 여전히 당황스러울 정도로 태연했다. 아니, 애초에 내 말을 믿는 것일까? 어차피 별 상관이 없긴 했지만.

"안 좋은 사이였나 봐요."

"원수지."

"죽이고 싶을 만큼?"

"넌 그런 사람 없니?"

여자가 손가락으로 책상을 리드미컬하게 쳤다.

"많죠."

2장 제물 185

"그런 거야."

여자가 살짝 웃었다. 아까부터 든 생각이지만, 아무래도 제정신은 아닌 게 확실했다. 나에겐 다행스러운 일이었다. 아마도.

"그런데 어쩌다가 우리 오빠랑 마주치셔서."

"그러게, 억울하게. 아니, 차라리 가만히 집에 있었으면 자연스럽게 해결이 됐을 텐데."

"그렇네요, 언니 운 진짜 없다. 어떡해요. 불쌍하다, 정말."

그 말을 듣고 난 조금 과하게 웃어 버렸다. 말투가 퍽 다정했다. 더럽게 살가운 애였다. 사람 죽이러 왔다는 말을 듣고 마치 술자리에서 친구가 상사 욕을 한 것처럼 기계적인 말밖에 별다른 반응이 없는 것을 보면 어지간한 일에는 별로 충격을 받지도 못하는 것 같았다. 이런 말 하기엔 좀 그렇지만, 죽기 전에 내 안에 가득 차 있는 오물을 눈치 없이 마구 던지기에는 완벽한 상대였다.

상대가 정상이 아니라는 것에 안심하다니. 새삼 내가 얼마나 긴 시간을 홀로 비밀을 간직하고 살았는지 깨닫게 됐다. 얼마 만에 이런 대화를 해 보는 것인지. 이제야 알겠다. 내 가장 큰 문제는 어쩌면 김영헌이 아니라 외로움이었다. 만난 지 30분도 되지 않은 나보다 나이가 열 살은 어릴 것이 분명한 여자가 내 이야기를 좀 들어 주고 불쌍하다고 해 줬다고 평생을 알고 지낸 친구라도 된 기분이었다.

기세를 몰아 더욱 자세하게 할 말 안 할 말을 다 하려고 했지만 여자가 손가락을 내 입술에 가져다 대는 바람에 입이 막혔다. 우리 둘 다 자동적으로 시선이 문 쪽으로 향했다. 작은 발걸음 소리가 들려오고 있었다.

여자가 문 쪽으로 걸어가 불을 끄자 문 아래로 새어 나오는 빛에 그림자가 보였다. 곧 옆에 또 다른 조금 더 가늘고 기다란 그림자 하나가 더해졌다.

"연장 들고 왔네."

내가 속삭이자 여자가 내 팔을 툭툭 건드렸다.

"뭐 해요, 빨리 경찰에 신고해요."

"핸드폰 배터리 없어."

"아."

어둠 속에서 딸깍하는 소리가 들렸다. 여자가 불을 켠 모양이었다. 다시 방에 불이 켜지자마자 우레와 같은 소리와 함께 문에 금이 가기 시작했다. 인유가 무지막지한 힘으로 문을 부수고 있었다. 거대하고 날카로운 드라이버의 끝부분이 문에 틈을 만들면서 뚫고 나왔다. 무언가 묵직한 것이 바닥에 떨어지더니 철이 서로 부딪히는 요란한 소리가 들렸다. 아무래도 문에 꽂힌 드라이버가 다시 빠지지 않는지 다른 도구를 찾아서 열심히 연장통을 뒤지는 듯했다. 난 여자의 팔을 붙잡고 책장으로 다가갔다.

2장 제물

"책 다 빼."

"왜요?"

"여기 못 들어오게 막아야지!"

"칼 있잖아요."

여자가 침착한 목소리로 말했다. 그럼 뭐, 니가 찌를 거야? 그 팔로 덤비다가 뼈가 박살이 나지 않음 다행이었다. 난 은근슬쩍 못 들은 척을 했다.

난 책장을 붙잡고 책들을 마구잡이로 빼내기 시작했다. 묵직하고 딱딱한 책들이 대부분이라 마구잡이로 잡아당기는 것이 쉬웠지만 떨어지는 책들이 죄다 허벅지에 맞아서 상당히 아팠다. 검은색 가죽으로 둘러싼 양장본 국어사전, 씨발 그냥 인터넷에 검색하면 될 것을.

『스토리텔링의 비법』, 『작가의 삶』, 『영화란 무엇인가』, 『영웅의 여정의 법칙』.

이제는 김영헌의 유품이 되어 버린 수많은 책들이 하얀 속살을 보이면서 바닥으로 낙하했다. 옆에서 나와 함께 일하는 창백하고 얇은 팔은 책을 뽑는 것에 조금 어려움이 있는 듯했지만 난 굳이 재촉하지 않았다. 일단 중간에 있는 책들만 빼낸 다음 바로 책장을 밀어서 바닥에 엎어 버릴 생각이었다. 그런 다음에는 문을 향해서 밀어 버리면 된다.

"언니, 언니."

여자가 내 팔을 붙잡더니 다급하게 말을 걸었다. 하지만 나무가 갈라지는 소리가 점점 더 커지고 있어서 신경을 쓸 겨를이 없었다. 뒤를 돌아보지 말라고 스스로에게 되뇌었다.

"왜."

"막으려고 해 봐야 되지도 않아요."

"그럼 뭐 어쩌라고!"

순간 화가 치밀어 올라서 소리를 내질렀다. 나도 알아. 안다고. 알아. 어차피 막다른 길이라는 거. 책을 아무리 빼낸 다음 붙잡고 잡아당겨도 책장은 흔들리지 않았다. 날 붙잡고 있던 여자의 손길이 사라졌다. 난 책장에 이마를 대고 열을 식혔다. 차가운 목재에 이마에 맺힌 땀이 끈적하게 달라붙었다.

"언니, 저 좀 봐요."

인유가 문을 부수는 소리와 귀에서 울리는 심장 소리를 뚫고 맑은 목소리가 들려왔다. 난 여자를 향해서 몸을 돌렸다.

"다른 방법이 없어요."

하얀 조명 아래에 선 여자의 얼굴은 괴상했다. 광택이 나는 얼굴은 피가 제대로 돌지 않는 듯 창백했다. 피부가 아니라 하얀 에나멜가죽으로 만들어진 것 같기도 했고, 시체에 기름칠을 해 놓은 것 같기도 했다.

"오빠가 우릴 죽이기 전에 우리가 죽여야 해요."

여자가 자기 쇄골에 손을 올리더니 눈을 지그시 감았다. 양쪽 쇄골뼈의 중간 지점에 칼로 그은 듯한 상처가 언뜻 보였다. 그 모양을 자세히 보려고 했지만 여자가 손으로 살며시 그곳을 가렸다. 기도를 하듯 신성한 얼굴. 곧게 뻗은 속눈썹은 끝이 예쁘게 위로 말려 있었다. 여자가 다시 눈을 뜬 순간 난 여자의 양쪽 눈 흰자의 끝부분이 살짝 붉게 물든 것을 눈치챘다.

"제가 도와줄게요."

가느다란 몸으로 그런 말을 하니 기가 차서 웃음이 절로 나왔다. 난 다시 책장과 씨름을 하기 위해 몸을 돌렸다.

'쿵. 쿵. 쿵.'

인유가 문을 부수는 소리가 점점 더 크게 들려왔지만 여자는 여전히 나를 돕지 않았다. 난 아랑곳하지 않고 꿋꿋하게 책들을 바닥에 집어 던졌다.

"그러고 보니까 가방에 왜 들어가 있었는지 말해 줘야 하는데, 제가 깜빡했네요."

"뭐?"

이젠 저 침착한 목소리에 슬슬 열을 받기 시작했다. 그 가방을 여는 것이 아니었다. 인유를 막는 데 도움도 안 되고, 귀만 시끄러웠다. 후회가 이어지면서 짜증이 치밀어 오르는 와중에 거지같이 단단하게 만들어진 책을 당기다 그만 겉 부분에 손톱이 긁히고 말았다. 손톱이 살짝 들린 모양인지 찌릿한 고통이 끝부분에서 느껴졌다.

"불공평하잖아요, 언니가 모르면."

지금 그딴 말을 할 때인가 싶었지만 욕을 할 여유도 없었다. 난 가볍게 무시하고 피가 새어 나오는 손가락을 접은 다음 나머지 손가락들로 작업을 이어 나갔다. 이제 두 줄 정도만 하면 끝이었다.

"오빠가 저희 엄마 얘기 해 줬어요, 혹시?"

이것들이 이젠 하다 하다 별. 이러다가 아빠에 할아버지 할머니까지 소개시켜 주는 것은 아닌지 걱정이 됐다.

"아니."

난 퉁명스럽게 대답했다. 여자가 내가 정말 일말의 관심조차도 없다는 것을 알아차리고 좀 닥치기를 바라면서.

"인유 오빠가 저렇게 된 것도…… 다 엄마 때문인데. 정말 말 안 했어요?"

"뭐, 너네 엄마가 사이비에 미친 년이어서 정신병 걸리고 너네 인생 망쳤다는 거? 그래, 그 얘긴 들었다."

여자가 갑자기 내 팔을 철썩 때렸다. 난 놀라서 하던 일을 멈추고 여자를 바라봤다. 이 새끼가? 내가 한껏 성질이 난 얼굴로 째려보는데도 여자는 미묘한 미소를 지으면서 웃고 있었다. 그런데 눈망울이 조금 촉촉했다. 나무가 갈라지는 소리가 들려왔다.

"우리 엄마 욕하지 마요. 싫을 때는 진짜 싫긴 했는데, 그래도 우리를 거기서 목숨 걸고 데리고 도망쳐 나온 걸 생각하면 진짜 엄마라서 할 수 있었던 일이거든요."

난 여자가 때린 팔뚝 주변을 살살 문질렀다. 빨간 자국이 남아 있었다.

"알겠어."

알았으니까 이제 그만 다물라는 의미였지만 오히려 여자의 연설이 이어졌다.

"가끔 오빠랑 제가 맘에 안 들고 그러면 가방에 넣어서 혼내기도 했는데, 그럼 우린 천에다가 입을 붙이고 최대한 많은 바깥 공기를 들이마시면서 숨을 쉬었어요. 손톱이 길면 지퍼를 살짝 건드려서 어떻게든 틈을 만들기도 했구요. 나중엔 가방 안에서 숨 쉬는 것에 전문가가 될 정도였다니까요? 엄마는 그래도 우리가 '정말' 무서워하면 꺼내 줬어요. 웃긴 게, 꺼내고 난 다음에는 우릴 꼭 안아 줬거든요? 껴안는 수준이 아니고 짓누른다 싶을 정도로 엄청 세게. 아니, 한참을 좁은 공간에서 산소가 부족해서 헐떡거리고 있었는데 꽉 안아 버리면 그게 더 무섭지 않겠냐구요, 그죠? 조금 생각을 더 해 보면 알 텐데. 근데 엄마는 항상 그랬어요. 뭐든지 진한데 얕고 짧았어요."

얘는 혀가 거의 자기 머리카락만큼 길었다. 하지만 이 갸륵한 얘기를 들으면서도 난 도대체 얘가 하고 싶은 말이 무엇인지 알 수가 없었다.

결국 인유가 자길 가방에 넣었다는 건가? 두서없이 시작된 갑작스런 유년기 아동 학대의 회상에 도저히 어떻게 반응을 해야 할지 몰라서 뻣뻣하게 굳은 상태로 회상에 빠진 그 얼굴을 바라보기만 했다. 여자가 피식 웃었다.

"가방에 들어가 있는데, 그런 생각이 나더라구요. 오빠도 내가 가방에서 나오면 안아 주려나?"

난 그 얼굴을 보고 있는 것이 벅차서 다시 뒤를 돌아 책을 빼냈다. 구석에 박혀 있던 작은 책 하나를 꺼내자 빈 책장의 한쪽 구석에서 반짝거리는 무엇인가가 보였다. 조그마한 나사가 위, 아래에 박혀 있었다. 손에 붙들고 있던 작은 책 하나가 떨어지면서 복사뼈에 모서리 부분이 그대로 찍혔다. 난 곧바로 제자리에 주저앉아 발목을 손으로 감쌌다. 눈물이 조금 나왔다.

내 발 옆에 떨어진 고통의 원흉인 책은 무언가 이상했다. 검은 가죽 양장본의 겉표지에는 제목이나 커버 이미지 대신에 이리저리 날카로운 물체로 긁은 듯한 흔적만이 남아 있었다. 언뜻 보면 십자가들이 모여 있는 것 같기도 하고, 그냥 칼질을 한 것처럼 보이기도 하는. 밑에 은빛 색깔로 새겨진 글자가 눈에 들어왔다.

김영헌 형제님.

헉헉거리는 숨소리가 들려오는데 그게 내 옆에서 나는 소리인지, 아니면 문을 거의 다 부순 인유가 내뱉는 소리인지, 혹은 내 숨소리가 귀에서 울리고 있는 것인지 구분이 잘되지 않았다. 다시 일어나야 하는데 한번 주저앉으니 다리가 말을 듣지 않았다. 나를 향해 나란히 모아진 새하얀 발이 눈앞에 보였다.

"언니, 언니가 뭘 하든 말든 전 오빠 죽여야 해요."

올려다본 여자의 얼굴은 확신에 가득 차 있었다. 올려다본 얼굴이어서 그런 것인지도 모르겠지만.

"도와주지 않아도 상관없어요. 이건 제가 끝내야 하는 일이니까. 가족 내부의 일은 가족끼리 해결해야죠."

여자가 손바닥을 위로 향하게 펼친 다음 팔을 뻗었다. 난 여자가 무엇을 원하는 것인지 바로 알아차렸다. 그 옆에서 내가 살아 보겠다고 발버둥을 치는 것이 문득 허무하게 느껴졌다. 그래도 자기가 칼로 어떻게 한번 해 보겠다는데 내가 말릴 이유는 딱히 없긴 했다.

"언니는 어디 숨어 계세요. 정 여의치 않으면 제가 싸우는 동안에 빠져나가시구요. 그 정도 시간은 제가 벌 수 있어요."

그래, 쟤가 싸우는 동안에 도망치는 것도 나름의 방법이긴 했다. 뭐, 한 3초 정도의 시간은 벌 수 있겠네. 잠깐 동안 그녀의 고귀하신 희생정신에 혹해 도망칠 수 있을 만한 경로를 탐색해 보았지만 거의 곧바로 포기했다. 어차피 쟤가 나에게 벌어 줄 수 있는 시간은 굉장히 한정적이었다. 우리 둘 중에 힘을 쓰는 역할을 맡아야 하는 사람이 있다면 바로 나라는 것을 난 빠르게 받아들였다.

인유가 이젠 나무를 긁기 시작한 모양인지 끼익거리는, 상당히 귀에 거슬리는 소리가 들려오고 있었다. 난 쭈그리고 앉아서 내 발밑에 있는 가방에 손을 집어넣었다. 칼을 손에 쥐는데 무게가 굉장히 무겁게 느껴졌다. 칼날로 내 얼굴이 희미하게 비쳐 보였다.

"야, 너 근데 이름은 뭐야."

"네?"

"죽기 전에 서로 이름이나 좀 알자고."

"언니, 재수 없는 소리 그만하고 빨리……."

"내 이름은 인혜인데, 너는 뭐냐고."

애가 사회생활을 별로 안 했나 눈치가 없네. 진짜 바로 기절을 할 정도로 무서우니까 신경 좀 죽이게 그냥 통성명이나 하자는 건데. 여자가 앞머리를 귀 뒤로 넘기더니 내 얼굴이 아닌 다른 곳을 바라봤다.

"미나요."

전체적으로 살짝 귀신 같은 분위기를 풍기는 게, 여자와 어울리는 예쁜 이름이었다.

"그래, 미나야. 내가 생각을 해 봤는데, 네 도움이 필요한 거 맞는 것 같다."

난 자리에서 일어난 다음 칼날 부분을 엄지와 검지 끝으로 조심스럽게 붙잡고 손잡이 부분을 미나에게 내밀었다. 미나가 자꾸만 얼굴을 가리는 머리카락을 쓸어 넘기고는 손을 뻗어 칼의 손잡이를 붙잡았다.

"내가 붙잡고 있을 테니까 네가 죽여, 알겠지?"

내 말에 미나의 손등에 힘이 들어가면서 앙상한 뼈가 드러났다. 미나는 계속 미소를 짓고 있었다. 쟤나 나나, 지금 믿을 건 서로밖에 없었다. 영화가 아니기 때문에 희망적인 배경음은 들리지 않았지만.

난 문을 향해 걸어갔다. 머릿속으로는 인유가 내 목을 붙잡고 비틀어서 단숨에 죽여 버리는 광경이 반복적으로 재생되고 있었다. 어느새 너덜너덜해진 문짝이 눈에 들어왔다. 인유의 부단한 노력으로 문에 커다란 흔적이 남아 있었지만 길고 좁아서 그 사이로 몸을 빼내는 것은 불가능했다. 그럼에도 불구하고 상처가 가득한 손가락이 거대한 틈 사이로 비집고 들어오려 애를 쓰고 있었다. 아직은 문손잡이를 잡기에는 역부족이었지만, 어차피 문이 무너져 내리는 것은 시간문제였다.

나는 슬쩍 뒤를 바라보았다. 미나가 칼을 들고 혹시나 자신의 모습이 보일까 조심스럽게 책장에 몸을 밀착시키고는 까치발을 든 채로 내 뒤를 따라오고 있었다. 미나가 문 바로 옆에 자리를 잡고 양손으로 칼을 붙잡은 다음 나를 향해 고개를 몇 번 작게 끄덕였다. 나는 침을 크게 한 번 삼키고 문손잡이의 잠금장치를 풀었다. 그리고 거세게 문을 잡아당겨 열었다.

틈 사이로 문을 붙잡고 있던 인유의 몸이 앞으로 쏠리면서 나를 덮쳤다. 아주 거대한 짐승에게 온몸으로 습격당하는 기분이었다. 난 다시 한 번 또 인유의 팔을 더듬으면서 상처를 찾았지만, 인유가 더 빨랐다.

인유가 목을 조르자 내 팔에 힘이 빠지기 시작했다. 인유의 손은 굉장히 축축하고 미끄러웠다. 내가 맨손으로 잡힌 물고기가 된 기분이었다. 인유가 너무 가까이에 있어서 방 안의 다른 것이 눈에 들어오지 않았다. 그때 인유가 목청을 찢을 기세로 내뱉는 괴성이 귀에 직격으로 꽂혔다.

"아아악!"

미나가 움직이고 있는지 파악이 되지 않자 슬슬 겁이 나기 시작했다. 난 눈을 감고 발버둥을 치면서도 나의 정신과 몸을 서로 분리해 보려고 시도했다. 미나가 빨리 움직이기를 간절히 기다리면서. 하지만 내 눈앞에 가까이 다가오고 있는 것이 분명한 인유의 얼굴에서 뿜어져 나오는 따뜻한 숨이 방해를 했다. 그의 엄지손가락이 내 목의 움푹 들어간 부분을 꾹 누르자 입에서 괴상한 소리가 튀어나왔다. 눈이 자동적으로 뜨였고 얼굴에 열이 오르면서 뜨거워졌다.

"아으…… 아아!"

난 미나의 이름을 크게 불렀다. 하지만 조인 목구멍으로 튀어나오는 소리는 구분하기가 어려웠다. 인유의 머리카락이 내 뺨을 간지럽혔다. 가까이에서 본 검은 눈동자에는 아무것도 비쳐 보이지 않았다.

"듣기 싫어요."

떨고 있는 것을 감추려는 인유의 애처로운 목소리가 말했다.

"그만해요, 제발."

뭘 그만두라는 것인지는 이해가 되지 않았다. 인유는 내가 죽어 가는 모습이 마음에 들지 않는 모양이었다. 난 그저 아주 동물적이고 원초적으로 반응을 하면서 살아 보려고 애를 쓰는 것뿐인데. 김영헌은 나와 똑같은 반응을 하지 않았나?

인유가 나만큼이나 센 척을 하고 있다는 것은 진작에 알아차렸지만 이건 너무 실망스러웠다. 진정한 신의 집행자들은 모두 이 정도의 시련은 겪는 법인데. 아마도 너무 어려서 그럴 것이다. 자신이 통제할 수 있을 거라고 믿었던 것들이 사실은 하나도 없다는 것을 처음으로 깨닫게 되어서 그럴 것이다. 어린 놈의 새끼, 그 생각이 들어서 그런가, 나도 모르게 그 와중에 웃음이 지어졌.

그때 갑자기, 인유의 표정이 미묘하게 변했다. 좀 더 부드럽게 눈썹이 움직이고, 아무런 생각이 없는 듯 미간이 펴지고, 갑자기 통찰을 얻은 사람처럼 입이 헤 벌어졌다. 내 목을 감싸고 있던 손가락의 힘이 풀렸고, 목구멍으로 갑작스레 공기가 들어가면서 사레가 들렸다.

내가 연신 기침을 내뱉는 순간 인유의 상체가 앞으로 넘어지면서 나에게 안겼다. 축축한 액체가 내 목을 타고 흘러내리는 것이 느껴졌다. 인유의 뒷덜미에 아주 깊숙하게 꽂혀 손잡이만 남은 칼이 보였다. 미나가 인유의 몸 바로 위에 당당한 자세로 서 있었다.

"언니, 입 닫아요. 피 들어가요."

난 입을 꾹 닫았다. 나도 모르게 눈을 감은 모양이었다. 뜨거운 무엇인가가 몸속에서 끓으면서 터져 나오려고 하는 것을 느끼던 나는 몸을 일으켜야겠다는 생각에 인유의 몸 아래에서 빠져나오기 위해 몸에 힘을 줬지만, 미나가 나와, 내 몸 위에 있는 인유의 시체 위에 올라탄 상태에서 탐색을 하는 것처럼 인유의 몸을 마구 더듬고 있어서 벗어나기 쉽지 않았다. 내가 씨발 살다 살다 별. 난 미나의 종아리를 툭툭 쳤다.

"미나야, 미나야."

미나가 느릿하게 눈을 떴다. 벌레 다리 같은 속눈썹이 달린 눈동자가 나를 내려다보니 기분이 묘했다.

"서랍에…… 책상 서랍에 혹시 충전기 있는지 확인해 봐."

미나는 아무런 말도 하지 않고 벌떡 일어나더니 내 얼굴 위로 다리를 올리며 지나갔다. 난 인유의 몸을 한쪽으로 밀어 버린 다음 손으로 얼굴에 묻은 피를 닦았다. 손에 피가 끈적하게 묻어 나왔다. 미나가 책상을 부숴 버릴 작정인지 목재가 아주 거세게 부딪치는 소리가 들려왔다.

"이거 잠겨 있어요."

"열쇠 어디 없나?"

난 떨리는 다리를 추스르며 간신히 일어나 미나가 거의 폭행을 하고 있는 책상으로 다가갔다. 온몸의 힘을 써 가면서 서랍을 열려고 하는 미나가 안쓰러웠다.

"그만하고, 그냥 다른 방에서 찾아보자."

"잠시만요."

미나가 손에 쥐고 있는 칼을 서랍의 틈 사이로 집어넣더니 열심히 움직였다. 곧 서랍이 열리면서 부드럽게 밀려났다.

"잠긴 게 아니라 뭐가 끼어 있었나 봐요."

미나가 칼을 쥔 손을 번쩍 들더니 날 보면서 해맑게 웃었다. 얘는 방금 자기가 사람을 죽였다는 자각도 없나? 거기다 심지어 자기 혈육을 죽였는데. 난 도저히 사라지지 않는 꺼림칙한 기분을 애써 삼키고는 서랍으로 손을 집어넣어 충전기를 찾았다.

하지만 충전기 대신 내가 찾은 것은 클리어 파일 안, 익숙한 글자였다. 임인혜. 매끈매끈하고 투명한 막 아래에 내 이름 석 자가 적힌 종이가 있었다. 영헌아, 씨발 진짜 어떻게 나한테 이러냐.

난 그것이 무슨 종이인지 한눈에 알아차렸다. 정갈하게 정리된 표 안에 나의 이름과 인적 사항, 그리고 기획 의도와 내가 아주 정성스럽게

4,000자 내외로 정리한 카르마 플레이의 전체 줄거리가 적혀 있었다. 난 서랍에서 파일을 꺼냈다. 공모전 참가 신청서가 바닥에 팔랑거리며 떨어지고 묵직한 카르마 플레이의 각본이 모습을 드러냈다.

난 각본을 손에 들고 조심스럽게 종이를 넘겼다. 참가 신청서와는 달리 각본은 몇 번 외출을 한 모양인지 구겨져 있는 페이지가 많았고 군데군데 커피를 흘린 자국이 남아 있었다. 하지만 그 어떤 장에도 메모나 줄은 보이지 않았다. 김영헌이 얼마나 이 각본을 읽었을지는 모르겠다. 이걸 다 정성스럽게 인쇄를 했네. 노트북 화면은 계속 보고 있으면 눈이 건조하고 아파서 작업을 못 하겠어. 김영헌의 목소리가 귀에 아른거렸다. 이 죽이고 살리고 또 죽여도 마땅치 않을 놈.

갑자기 열이 오르며 얼굴에 피가 쏠렸다. 이제 나는 어떡하지? 이미 카르마 플레이는 김영헌의 이름으로 나갔고, 김영헌의 죽음이 이따위로 큰일이 되어 버렸으니 내 목표는 다 망한 게 틀림없었다. 여기를 들어올 때와 나갈 때, 내 상태는 다른 게 하나도 없었다. 아무 능력 없는, 작가 지망생. 지망생!

결국엔 견디지 못하고 각본을 내던져 버렸다. 천장에 닿을 정도로 높이 올라간 종이들이 하얀 깃털처럼 하늘에서 내려왔다. 미나가 내 팔을 붙잡았다.

"언니?"

난 두 주먹으로 마구 책상을 내려치면서 소리를 질렀다. 미나가 내 팔을 붙잡고 달래듯 쓸어내리면서 말을 걸었다.

"언니, 진정해요, 언니."

난 바닥에 주저앉아 손에 얼굴을 파묻었다. 미나는 여전히 내 팔을 놓지 않은 채 나에게 우는 애를 달래는 유치원 선생 같은 말투로 끈질기게 말을 걸고 있었다. 내 목숨을 구한 것이나 마찬가지인 사람에게 이러면 안 되겠지만, 제발 그 닭발같이 까슬한 손을 좀 치우고 빨리 꺼져 줬으면 좋겠다는 생각이 들었다.

"뭐라고 말 좀 해 봐요."

조금 짜증이 섞인 목소리가 들려오자 그래도 정신이 들기 시작했다. 코를 한 번 손으로 푼 나는 고개를 들고 내 발 바로 앞에 떨어져 있는 종이를 집었다. 종이에 콧물이 길게 묻어났다. 내가 그 종이를 미나의 얼굴에 들이밀자 미나가 눈살을 찌푸렸다.

"여기 이름 보여?"

난 손가락으로 공모전 참가 신청서의 응시자 이름 칸에 적힌 내 이름을 한 번, 그리고 출품작의 제목을 한 번 두드렸다.

"김영헌이 이걸 훔쳐서 뒈진 거야."

"네?"

"이거…… 훔쳐서…… 내가……."

"말을 못 알아듣겠어요. 괜찮아요?"

난 이제 소리를 지르면서 웃었다. 미나가 엉망진창일 것이 분명한 나의 얼굴을 멍하니 보다가 내 손에서 종이를 낚아챘다. 미나의 손에 내 콧물이 묻은 것을 본 난 웃음이 나왔다. 이젠 이 모든 상황이 아주 거대한 하나의 코미디 쇼 같았다. 내가 정말 얘한테 이 얘기를 해야 하는 건가 싶었다. 이제 죽을 일도 없는데. 증거도 있으니까 이제 나가기만 하면 되는데. 그동안 정이 들었는지도 모르겠다. 고작 만난 지 한 시간도 안 된 낯선 여자에게.

"잘 이해가 안 돼요."

"김영헌이 이걸, 내가 쓴 각본을 훔쳐서 자기 걸로 만들었다고."

"하지만 어떻게요?"

글쎄, 가능성이야 무궁무진하지. 공모전 심사위원들의 신원은 비공개로 진행이 되었고 그중에서 평소에 같이 어울려서 다니는 감독이나 프로듀서, 아님 임원이 있었을지도 몰랐다. 아니면 아예 본인이 심사위원으로 참가했을 가능성도 있었다. 원래 해야 할 일들은 말단들에게 맡기고 재미있는 일을 찾아서 여기저기 들쑤시고 다녔으니까.

"그게 중요해? 그렇다고 뺏긴 게 돌아오는 것도 아니고."

"그래서 죽이려고 했어요?"

"그럼 뭐 다른 선택지가 있어?"

난 거의 화를 내듯 쏘아붙였다. 마치 미나가 그 일과 조금이라도 관련이 있기라도 한 것처럼. 미나가 당황했는지 고개를 내리고는 바닥에 흩날려진 종이들을 바라봤다.

"이게 다 대본이에요?"

"그래, 존나 많지? 쓰는 데 엄청 힘들었다. 훔치는 건 씨발 하루도 안 걸렸겠지만."

내 말투는 술에 잔뜩 취한 사람처럼 끝도 없이 늘어졌다. 말이 정말 끝도 없이 나왔다.

미나가 조심스럽게 발을 움직이면서 종이 사이를 살금살금 걸어가며 나에게서 멀어졌다. 그래, 그러고 싶겠지. 미친 여자한테서 도망치자 싶겠지! 난 그러거나 말거나 허리를 구부리고 내가 날려 보낸 각본 종이들을 줍기 시작했다.

마음이 바뀌었다. 아무도 주목하지 않더라도 이 사실을 모든 사람에게 알리고 싶었다. 카르마 플레이가 바로 내 작품, 내 각본, 내 이야기, 내 것이라는 걸. 좀 생각을 하고 행동을 했어야 했는데, 종이 몇 장이 책장 아래로 들어간 것 같았다. 난 미나에게 소리 질렀다.

"미나야, 저기 밑에 종이 들어간 거 가져와!"

"어디요?"

"책장, 저기!"

미나가 가는 다리를 느리게 움직이면서 책장으로 다가갔고 난 다시 열심히 종이들을 모았다. 95, 22, 34, 8…… 뒤죽박죽인 숫자들을 보니 화가 치밀어 올랐다. 66페이지를 바닥에서 들어 올리는데 날카로운 A4 용지가 내 손가락을 베었다.

"언니."

짜증이 한껏 담긴 눈빛을 쏘며 고개를 위로 치켜들자 미나와 눈이 마주쳤다. 미나의 손에는 아무런 종이도 들려 있지 않았다. 난 피가 흘러나오는 손가락을 입에 물었다. 시키는 일은 안 하고 그새 머리를 만졌는지 검은 머리카락이 귀 뒤로 넘겨져 깔끔하게 정리되어 있었다. 끝이 뾰족하고 세로로 기다란, 마치 판타지 소설에 등장하는 요정의 것 같은 귀가 빨갛게 물든 것이 보였다.

"뭐야, 못 꺼내겠어?"

난 손으로 할 수 없으면 도구를 사용할 생각을 하라고 쏘아붙이려고 했지만, 미나의 손에 들린 책이 먼저 눈에 들어왔다. 내 발을 가격했던, 김영헌의 이름이 적혀 있었던 책이었다. 더욱 가까이에서 보니 책의 두께가 상당했다. 대충 어림잡아도 천 페이지는 되어 보였고 겉면도 상당히 단단해 보였다. 미나가 책을 붙잡고 있는 두 손을 자신의 어깨 높이까지 들어 올렸다. 어깨와 팔의 근육이 볼록하게 튀어나왔다.

"너 지금 뭐 하는……."

내 말미는 얼굴에 전속력으로 꽂힌 책으로 인해 잘려 버렸다. 책에 얼굴을 정통으로 맞자마자 몸이 휘청거렸고, 밑에 무수히 깔린 책들로 인해 발을 제대로 딛지 못하고 넘어지면서 책장에 얼굴을 또다시 부딪혔다. 내 얼굴에서 흐르는 것이 땀인지 피인지 확인할 겨를도 없이 연거푸 공격이 이어졌고, 내 머리는 셀 수 없을 정도로 무수히 책장과 책에 부딪혔다.

미나가 들고 있던 책이 바닥에 던져지는 육중한 소리가 들리자 난 비로소 안심했다. 비록 말로 형언할 수 없는 고통에 다른 감각이 마비된 듯한 상황이었지만. 하지만 아직 끝난 것이 아니었다. 내 두피를 긁으며 들어오는 미나의 손가락이 느껴졌다. 내 머리는 그냥 머리카락에 달려 있는 부속품인 것처럼 맥없이 끌려갔다. 나를 붙잡고 있는 손에 힘이 들어가더니 딱딱한 책장에 내 얼굴이 다시 그대로 처박혔다. 난 힘없이 바닥으로 쓰러졌다.

"아, 안 되겠다."

미나가 무덤덤하게 말하더니 몸을 숙이고 쓰러진 나를 뒤에서 껴안았다. 놀라울 정도로 힘이 센 미나의 팔이 내 목을 조르면서 밀착했다. 기시감이 들게 하는 촉감이었다.

"언니, 숨을 좀 참아 봐요."

미나가 그렇게 말하면서 나의 목을 둘러싸고 있는 팔뚝에 더욱 힘을 주었다. 목이 꽉 눌리는 순간 마치 내 온몸이 충격을 받은 것처럼 단전에서부터 진동이 느껴졌다. 내장이 피부를 뚫고 나오려는 것처럼 꿈틀거렸다. 강렬한 반응에도 불구하고 반항을 할 만한 힘은 조금도 생기지 않았다. 반항을 하고 싶어도 너무 지쳤는지 이젠 그럴 기운도 없었다.

미나가 발을 움직이기 시작하자 졸지에 나도 까치발을 들고 그녀가 이끄는 방향으로 따라가야 했다. 우린 마치 볼 댄스를 추는 사람들처럼 달라붙어 있었다. 지금이라도 미나의 손이나 팔을 깨물어 탈출을 시도해 볼까 하는 생각이 들었다, 아주 잠깐.

하지만 사실은 그저 빨리 이 단계가 지나가기를 바라고 있었다. 미나의 그립과 힘은 나름 괜찮았지만 어떻게 해야 일이 쉽게 풀리는지는 전혀 모르는 모양이었다. 그래서 답답했다, 물리적으로도 비유적으로도. 도살장의 소들도 말을 할 수 있다면 숙련된 베테랑의 손에 죽는 것을 선호할 것이라고 하지 않던가. 딱 그런 상황이었다.

한마디로 앤 오빠와는 달리 요령이 없었다. 뭐라고 조언이라도 해 주고 싶었지만 그러기엔 목이 지나치게 눌린 상태였다. 이상한 확신이 들었다. 날 죽이려는 것은 아닌 것 같다는.

망할 놈의 피가 또다시 흐르고 있는 것 같다. 코 안쪽과 이마에서 뜨거운 액체가 흘러내리는 감각이 느껴졌다. 난 희미한 힘을 끌어모아 미나의 팔을 마구 쳤다. 좀 더 힘을 내서 빨리 해치우라는 의미였는데, 반항하는 것으로 받아들인 모양인지 미나가 뾰족한 턱을 내 정수리에 두고 더욱더 세게 팔에 힘을 주고 목을 조였다.

어디로 가도 서울행이면 됐지 뭐. 물 안으로 들어온 것처럼 귀의 내부가 꽉 차는 느낌이 들더니 날카로운 이명이 울렸다. 의식이 서서히 희미해지고 눈앞이 흐려지자 안도감이 들었다. 잠깐이라도 좋으니 좀 자고 싶었다. 제발 아무런 꿈도 없이, 암흑만 있기를 바랐다.

3장 희생

꿈을 꿨다. 불이 꺼진 수영장의 물 같은 짙고 어두운 남색이 끝없이 펼쳐진 공간에 내가 있었다. 그곳에 부유하는 듯 존재하던 난 그 안을 헤집고 또 헤집으면서 나아가려고 했다. 하지만 아무리 노력해도 제자리에서 벗어날 수가 없었다. 마치 내가 앞으로 나아가는 순간마다 내가 있는 공간도 같이 움직이는 것 같았다.

멀리 펼쳐진 뒤나 앞, 옆에서 누군가가 나를 지켜보고 있고 단숨에 달려와 붙잡을지도 모른다는 불길함에 난 더욱더 크게 팔다리를 움직이며 벗어나려고 했지만 그러면 그럴수록 내 몸의 감각이 이상해지기만 할 뿐이었다. 숨이 막히는 것 같았다. 난 몸을 더듬었다. 내 쇄골 뼈 사이에서 칼로 찌르는 듯한, 이상한 고통이 느껴졌다.

숨이 다시 돌아오면서 정신을 차렸다. 내 손가락과 발가락, 팔, 팔꿈치, 발목과 무릎이 조립된 장난감이 부서지는 것처럼 나에게서 떨어져 나갔다. 그 조각들은 어둡고 탁한 파란색이 되어 공간에 흡수되었다. 어느새 나에게 남은 것은 내 머리뿐이었다. 비명을 지르기 시작하자 혀가 떨어졌고 이리저리 고개를 돌리자 눈알이 빠져나왔다. 안이 쑥 파인 텅 빈 구멍만 남은 내 머리에서는 더 이상 비명도 나오지 않았다.

깨어난 현실에서 내 머리는 맹렬하게 얻어터지고 있었다. 눈을 뜨자마자 한 손으로 내 머리채를 붙잡은 미나가 다른 손으로는 나의 뺨을 강하게 내리치려고 하는 것이 보였다. 미나의 눈을 마주하자마자 난 본능적으로 고개를 숙이고 다가올 타격에 대비했다. 하지만 몸이 마음대로 움직이지 않았고 감각도 제대로 느껴지지 않았다. 가위에 눌린 듯 온몸이 뻣뻣하고 무거웠다. 당연히 찾아와야 할 고통은 뒤따르지 않았고 내 몸이 하나의 거대한 갑옷인 것처럼 느껴졌다.

미나의 목소리나 살이 부딪히는 소리가 들리지 않았다. 다만 어디선가 작은 발소리가 들려올 뿐이었다. 어린아이가 돌아다니는 것 같은 소리였다. 난 눈동자를 살짝 돌려서 옆을 보았다. 가느다란 다리 두 개가 있었다. 난 손을 살짝 움직였다. 검지 끝부분만 간신히 움직일 수 있었다. 뼈를 부러뜨릴 것만 같았다. 하지만 고개를 돌려서 저 다리의 주인이 누구인지 보아야 했다. 상처가 가득한 맨발, 낡은 반바지. 저건 아마…….

 곧 꼿꼿하게 내 머리를 붙잡고 있던 손가락이 내 머리카락 사이로 빠져나갔고 이내 나의 턱을 어루만지는 손길이 느껴졌다. 난 주먹을 쥐었다가 폈다. 내 몸의 모든 부분이 저려 왔다. 미나가 두 손가락을 내 턱 밑에 대고 내 고개를 올렸다.

"아파요?"

 난 천천히 고개를 끄덕였다. 더 이상 거짓말은 하지 않는 것이 좋겠지.

"다행이다."

 미나가 그렇게 말하고는 내 손목에 묶인 빨간 노끈을 더욱 단단히 조였다. 이 의자는 팔걸이도 나무로 만들어져 맞닿은 손목의 뼈가 으스러질 것처럼 아팠다. 세게 묶기는 했지만 매듭이 그다지 튼튼해 보이지는 않았다. 역시 요령이 중요하다. 아니면 힘이라도 세든가.

　미나의 등 뒤에 보이는 책장은 휑했다. 내가 그렇게 고생을 해서 책을 다 빼 놨는데 결국 무용지물이 되다니. 애초에 저 뒤에 창문이 있기는 했을까? 분명 방금 전까지는 확고한 확신이 있었는데 이젠 잘 모르겠다. 어쩌면 일이 이렇게 되어 버리는 바람에 자포자기한 심정이 드는 것일 수도. 창문이 있든 없든 내가 덫에 걸린 쥐 신세라는 사실은 변하지 않으니까.

　바닥에 있던 책들은 이제 양옆의 책장 밑으로 가지런히 밀쳐져 있었다. 딱히 정리가 되어 있지는 않아서 활짝 펼쳐진 하얀 종이에 군데군데 시커먼 발자국이 남아 있는 것이 보였다. 무릎 아래를 내려다보자 끈으로 칭칭 감긴 누런 나의 맨발과 내 양말과 신발까지 빼앗아 신은 미나의 하얀 발목이 보였다. 미나가 발을 움직이더니 신발 앞부분을 서로 부딪쳤다.

　"아, 이거 좀 빌릴게요, 괜찮죠?"

　귀엽네. 난 진심으로 그렇게 생각했다. 미나가 의자를 붙잡더니 빙글 돌렸다. 알고 보니 바퀴가 달린 의자였다. 너무 성급하게 움직여서 바퀴 아래에 발가락이 살짝 끼이는 바람에 아팠지만 입술을 꽉 깨물고 참았다. 미나가 내 귓가에 입을 가까이 대고 말했다.

"가요, 이제. 준비는 제가 다 해 놨어요."

눈앞에 완전히 부서진 문과 아무렇게나 바닥에 널브러진 한때는 문이었던 파편들이 보였다. 인유의 시체는 보이지 않았다. 미나가 뒤에서 의자를 밀며 걸어가기 시작하자 바퀴가 부드럽게 굴러가는 소리가 방 안에 울렸다.

*

깜빡 잠이 들 뻔했다. 대리석 바닥에 바퀴가 쟁반 위의 옥구슬처럼 굴러가는 소리는 안정감이 있었고 의자의 쿠션은 지나치게 푹신해서 저절로 눈이 감겼다. 어느덧 바퀴 소리가 끊겼지만 난 가만히 눈을 감고 있었다. 미나의 손가락이 내 숨을 확인하기 위해 코 밑에 닿는 것이 느껴졌다.

그러거나 말거나 몸에서 힘을 모두 빼고 목과 머리와 허리를 더욱더 깊이 의자에 안착했다. 머릿속으로는 음정만 기억하는 노래를 떠올렸다. 정신으로나마 이곳을 벗어나려는 시도였다. 미나가 내 이마를 툭툭 치더니 뺨을 손가락으로 찔렀다. 난 눈을 뜨지 않고 저항했다. 하지만 손가락이 아닌 이질적인 느낌이 드는 무언가가 코끝에 닿자 눈을 뜰 수밖에 없었다.

3장 희생

"어, 눈 떴다."

날카로운 칼끝이 코끝을 살짝 누르고 있었다. 칼에 눈의 초점을 맞추자 미나의 얼굴이 둘로 나뉘어 나를 보고 웃고 있었다.

"제가 딱 좋게 준비해 놨어요."

내 앞에 위엄 있게 서서 시야를 완전히 가리고 있던 미나가 몸을 비키며 말했다. 칼끝이 아슬아슬하게 내 코를 스쳐 지나갔다.

무엇을 준비해 놓았다는 것인지, 그 말의 뜻은 금방 알 수 있었다. 이젠 내 집처럼 친숙한 거실의 한복판에 바닥에 얼굴을 처박고 무릎을 꿇은 인유가 보였다. 손과 발은 엉성한 매듭으로 묶인 상태였는데, 마치 끓는 물 속에 집어넣기 전에 팔다리를 끈으로 묶어 둔 생닭처럼 보였다.

도대체 무슨 힘으로 한 것인지는 몰라도 이곳까지 시체를 옮기는 와중에 피가 많이 흐른 모양인지 길고 빨간 길이 그 옆에 흔적을 남긴 상태였다. 무서움이라는 감정을 느끼는 것도 몸에 어느 정도 기운이 남아 있어야 하는 건가 보다. 이제 저 몸뚱이를 보면 한심하다는 생각밖에는 별다른 감상이 없어서 난 시선을 돌렸다. 꼴 보기도 싫었다.

미나는 뒷짐을 진 상태로 내가 묶인 의자 주변을 어슬렁어슬렁 돌면서 휘파람을 불기 시작했다. 휘파람을 불려고 시도를 했다는 표현이 더 정확할 것이다. 살짝 벌어진 앞니 사이로 풍선에서 바람이 빠지는 듯한 소리가 들렸다.

난 고개를 옆으로 돌렸다. 창문의 커튼을 완전히 젖혔는지 바깥 풍경이 보였다. 유리 너머로 빽빽하게 서 있는 거대한 나무들이 보였다. 바람이 부는지 나뭇잎이 심하게 흔들리고 있었다.

"엄청 궁금하죠, 이게 도대체 뭔 일인가 싶죠."

아니, 미나야. 그건 너의 희망 사항이고. 끈질기게 다시 내 시야 안으로 꾸역꾸역 들어온 미나를 보자 머리가 지끈거렸다. 상기된 뺨과 동그랗게 뜬 눈을 보니 분명히 자신의 트라우마로 가득 찬 장황한 뒷배경에 대한 이야기를 나에게 구구절절 털어놓을 것이 뻔했다. 남매가 쌍으로 날 괴롭히지 못해서 안달이었다. 그래도 하나는 뒈져서 이제 입이라도 못 열지. 지긋지긋했다. 진심으로, 질질 짜는 이야기를 듣느니 차라리 손톱을 뽑히는 것이 낫겠다는 생각이 들었다.

아무 대답도 하기 싫어 창밖 너머를 멍하니 바라봤다. 새벽이 다가오고 있는지 하늘은 점점 밝아지고 있었고 사방이 파란색이었다. 창문으로 보이는 나뭇잎들이 물속에서 흩날리는 해초처럼 보였다. 바닷속으로 이 집이 통째로 떨어지기라도 한 것처럼. 난 창문 너머로 물고기들이 나뭇잎 사이를 유유하게 헤엄치는 모습을 상상해 봤다.

 어차피 겪어야 할 일이라면 빨리 해치우는 게 나을지도 모르지. 난 다시 시선을 정면으로 돌렸다. 미나가 후다닥 발을 움직여 내 앞으로 위치를 옮겼다. 우린 눈싸움이라도 하는 것처럼 서로를 노려봤다. 결국 먼저 입을 뗀 것은 나였다.

 "뭐."

 미나가 눈을 감더니 숨을 크게 들이마시고 심호흡을 했다. 각질이 튼 입술이 오물거리면서 움직였다.

 "10년 전에……."

 "아, 제발 좀."

 견딜 수 있을 줄 알았는데, 아니었다. 온몸을 마구잡이로 움직이자 의자가 부서질 것처럼 요란한 소리를 냈다. 갑자기 난리를 피우면 조금은 당황할 줄 알았는데, 미나의 얼굴에는 별다른 변화가 없었다. 이미 상당히 지친 상태였기에 나의 반항은 한심할 정도로 짧게 끝났다. 고개를 숙이니 의자의 바퀴 부분에 가만히 올려진 미나의 발이 보였다.

 "다 했어요?"

 미나가 갸륵하다는 표정으로 말했다. 이젠 모든 의지가 사라진 줄 알았는데 그 태연한 얼굴을 보니 다시 분노가 솟구쳤다.

"니네 오빠한테 이미 개소리 들을 만큼 들었거든? 그러니까 뭐라고 더 떠들고 싶으면 그냥 죽여."

"진짜 카르마 플레이 각본인지 뭔지 언니가 쓴 거예요?"

미나의 발이 내 허벅지 사이에 안착했다. 의자가 살짝 뒤로 밀리자 허리 부근에 따끔거리는 통증이 느껴졌다.

"어."

"진짜?"

"어, 씨발, 진짜."

"욕은."

미나가 혀를 차더니 앞니를 훑으면서 미소를 지었다. 난 지금 상황에서 내가 할 수 있는 최선의 선택이 무엇일지 생각했다. 잘하면 의자를 통째로 들어서 움직일 수도 있을 것 같다. 이번엔 발이 의자 다리에 묶인 것이 아니었기 때문에 그나마 승산이 있었다. 그대로 몸과 함께 의자를 들어 올려 일어난 다음 등을 돌려서 몸을 던진다면 의자의 무게에 짓눌려서 미나에게 상당한 타격을 입힐 수도 있지 않을까?

하지만 발목에 묶인 매듭 때문에 양발이 서로 대각선으로 교차된 상태라서 어떻게 발을 땅바닥에 단단히 대고 일어서서 중심을 잡느냐가 문제였다. 사시나무처럼 가느다란 애라고 해도 칼을 들고 있는 이상 함부로 얕잡아 보아서는 안 됐다. 인유를 죽인 칼날의 움직임은 소리도 없었고 빨랐다. 목을 조르는 건 어설프기 짝이 없었지만 공격의 칼날은 숙련된 기술자의 손짓이었다는 것이 이제야 이해가 됐다. 공격을 할 거라면, 미나가 가장 예상을 하지 못한 순간에 일격의 힘을 다해서 해야 했다.

난 미나가 밑에서 벌어지고 있는 일을 눈치채지 못하도록 손목을 들썩대며 움직였다. 내 손가락 끝부분에 피가 몰리면서 짙은 보라색으로 변하는 게 보였다.

"가만히 있어요, 피 안 통한다."

내 기대와는 다르게 미나는 내 수작질을 알고 있었는지 웃으면서 말했다.

"단단하게도 맸네."

"저희 남매가 그런 건 잘 알아요. 어릴 때부터 선행 교육을 잘 받아서."

시작이네. 잘됐다. 난 발을 살짝 움직였다. 끈이 날카롭게 발목의 살을 파고드는 것이 느껴졌지만 멈추지는 않았다.

"사람들 묶는 건 주로 저희를 시켰거든요. 시체를 묶은 적도 많고."

미나가 뒤돌아서더니 반대편 벽에 걸린 텔레비전을 향해 걸어가기 시작했고 난 그 틈을 놓치지 않고 열심히 양발을 서로 비볐다. 망할 놈의 끈이 더욱 세게 살을 파고들어서 끔찍하게 아팠다.

"그치, 오빠? 가만 보면 딱히 엄마가 잘한 건 없어."

미나가 당연히 아무런 반응이 없는 인유의 등에 발을 대고 밀며 말했다.

"말이 없네, 재미없게."

미나가 인유의 머리를 발로 지그시 눌렀다. 등신 같은 새끼, 자기 몸의 2분의 1 정도 되는 여자애 하나한테 지냐. 상황이 이렇게 되니 나도 인유를 마구 발로 밟고 싶은 심정이었다. 물론 가장 밟고 싶은 사람은 제 발로 지옥에 걸어 들어온 내 자신이었다.

"뭐, 글 쓴 것 보면 엄마하고 관련된 건 다 아시는 것 같고. 근데 저에 대해서는 하나도 모르잖아요, 언니가?"

"카르마 플레이는 허구의 이야기이며, 본 작품에 등장하는 인물, 제품, 단체는 실제와 무관한 것을……."

"예, 예, 예."

미나는 텔레비전의 검은 화면에 비친 본인의 모습을 유심히 보더니 칼을 쥔 손을 들고 칼날로 앞머리를 살짝 정리했다. 지금 비쳐 보이는 칼을 든 자신의 모습이 너무나 멋있다고 생각하고 있겠지. 그러거나 말거나 지금 최대한 발을 빼내야 한다는 생각

3장 희생

에 마음이 조급했다.

그 순간 미나가 다시 뒤를 돌아봤다. 난 다리에 힘을 빼고 태연한 척을 했다. 발뒤꿈치만 어찌어찌 빼내면 자리에서 일어날 수 있을 것 같은데, 할 수만 있다면 아예 뼈를 통째로 깎아 버리고 싶은 심정이었다.

"저희 엄마는 저보다 오빠를 항상 더 좋아했는데."

미나의 얼굴은 더 이상 감정을 느끼지 못하는 것처럼 경직된 상태였다. 난 다시 발을 오므렸다. 땀 때문인지 발등이 번들거렸다. 잘됐다. 어쩌면 끈이 땀에 미끄러질지도 모른다. 마지막 스퍼트를 내야 할 순간이었다.

"우리 둘 다 가엾다고 했는데, 오빠는 첫 번째 애라서 더 가엾다고 그랬어요. 그런데 정작 엄마 뒤통수를 친 건 오빠예요, 웃기죠."

"무슨 뜻이야?"

"무슨 뜻인지 알잖아요."

난 입을 잠시 닫고 살며시 웃었다.

"오빠는 단 한 번도 믿은 적이 없어요. 그런데 엄마가 왜 그렇게 좋아했는지 몰라."

난 내 앞에 선 여자애 위에 진화의 이미지를 겹쳤다. 10대라고 보기에는 무리인 배우가 연기한 영화의 진화가 아닌 내가 활자로 만든 진짜 진화를. 엄마와 손을 잡고 탈출해서 엄마가 스스로 '순교'라고 칭한 연쇄 살인 행각을 지켜본 진화. 직접 엄마를 경찰에 신고하는 진화. 그리고 나중에 엄마의 말이 맞았다는 사실을 깨닫고 악령을 퇴치하기 위한 지난한 여정을 시작하는 진화. 결국엔 배신당하고 마는 진화. 고통 속에서 살아가는 진화.

"여기에 네가 먼저 왔지? 오빠 말고."

내가 사주를 봐 주는 무당과 같은 어조로 그렇게 말하자 미나의 입술 사이가 살짝 벌어졌다. 빙고. 어쩌면 내가 정말로 신일지도 모르겠다. 퍼즐 조각이 하나씩 제자리로 돌아가면서 완성이 되는 것을 보는 기분이었다. 누가 그 조각을 쥐고 있는지는 사실 확신이 안 섰지만. 하지만 그것이 여기서 살아 나갈 수 있는 유일한 방법이라면, 난 내가 과거와 현재, 미래, 모든 것을 알고 있고 주도하고 있다고 믿을 준비가 되어 있었다. 난 계속했다.

"자기가 김영헌을 찾아서 왔다고 한 인유의 말이 거짓인 거, 난 바로 알았어. 걘 그럴 그릇이 못 돼."

"그건 그렇긴 하죠."

"난 너한테 솔직했는데, 넌 나한텐 왜 거짓말했어?"

"언니가 혹시 경찰이라도 부를까 봐……."

"그냥 솔직하게 말해 줬으면 좋았을 텐데."

미나가 고개를 살짝 숙이더니 수줍게 웃었다.

"저한테 화난 거 아니었어요?"

이 씨발년이. 비위를 맞춰 주려고 하니 토가 나올 것 같지만 난 어금니를 꽉 깨물고 참았다.

"솔직히 화났지. 그런데 진실은 진실이니까."

"오빠가 언니한텐 뭐라고 했는지 말해 줄 수 있어요?"

미나가 칼을 쥐고 있는 팔의 손목을 빙빙 돌렸다. 난 인유의 몸을 슬쩍 훔쳐봤다.

"걘 김영헌이 너희가 탈출한 종교 사람들에게서 얘기를 듣고 각본을 썼다고 생각하더라."

"그랬어요?"

"어, 정말로 그렇게 믿었어."

"아니, 내 말은 그게 아니고, 언니가 그랬냐구요."

심장이 다시 서서히 뛰기 시작했다.

"아니."

"그럼 모든 얘기를 다 상상으로 썼다?"

"진화, 원래 여자애였어."

허공에서 원을 그리던 칼날이 멈춰 섰다.

잠깐만, 내가 지금 무슨 소리를 하고 있는 거지? 난 스스로에게 물었다. 조금 불필요할 정도로 지나치게 일을 복잡하게 만들고 있는 걸까. 찬찬히 생각을 해 볼 필요가 있었다. 물론 진화가 원래 여자애였다는 말은 거짓말이었다. 당연히. 하지만 섣부르고 충동적으로 말한 것 치고는, 나쁘지 않은 선택이 아닌가? 난 지금 미나에게 아부를 떨어야 했으니까.

"인유하고 엄마하고 둘이서만 항상 주인공이었잖아. 그렇지?"

미나는 말없이 굳은 표정으로 팔짱을 꼈다. 하지만 눈가가 살짝 떨리는 것이 보였다. 난 더욱 밀어붙였다.

"하지만 진화는 인유와 달라. 그 애는 너하고 닮았어. 너도 알지?"

추측이었지만 별다른 말이 없는 것을 보면 내가 미나가 듣고 싶었던 말을 그대로 해 준 모양이었다. 아니면 내가 정말로 이 남매의 창조주라서 그럴지도 모른다. 어쩌면 내가 피를 너무 많이 흘린 것일 수도, 어쩌면 지난 하루가 이상할 정도로 길어서, 아니면 내가 마침내 철저하게 현실과의 끈을 놓아 버린 것일지도. 근데, 이쯤 되면 정말로 신비한 힘이 있다고 해도 이상할 것이 없는 상황 아닌가?

확실히 내가 쓴 글들이 그대로 현실에 나타나게 되어서, 아니면 내가 이상한 예언의 능력이 있으면 상황을 견디기가 더 쉬울 것이

다. 미나가 현실 세상의 진화라면 나와 한 팀이 될지도 모르지.

난 내가 속박에서 벗어난 다음 미나와 함께 손을 잡고 악령을 퇴치하러 여정을 떠나는 모습을 떠올렸다. 회당 40분 분량의 8부작 시리즈, 제목은 악령, 뭐 이런 식으로 간단하게. 매화마다 다른 괴물들이 나오다가 마지막 화에 주연 둘 중 하나의 생사 여부가 애매한 클리프 행어로 끝나는. 한 시즌 2까지만 제작이 되었다가 결국 캔슬당하는 미래까지 선명하게 상상할 수 있었다.

"내가 그래서 각본을 빼앗긴 거야, 미나야. 너를 남자애로 바꾸고 싶지 않다고 해서. 그래서 인유가 한 말도 믿지 않았고. 하지만 네가 이렇게 내 눈앞에 있는데 더 이상 부정하기가 힘들다."

미나가 나에게 가까이 다가왔다. 아주 가볍고 조심스러운 고양이 같은 걸음으로.

"미나야, 우리 얘기를 좀 해 보자."

미나가 천천히 내 앞에서 무릎을 꿇었다. 뒷짐을 지고 있는 미나의 손에 들린 칼과 머리카락이 자수처럼 빽빽하게 박힌 정수리가 보였다. 미나의 얼굴이 보이지 않자 불안해진 난 다시 한번 미나의 이름을 불렀다.

"미나야?"

미나가 고개를 들었다. 우리의 시선이 서로 마주친 순간, 칼날이 내 발등 안으로 부드럽게 파고들어 갔다.

"아아아악!!!"

미나는 내가 소리를 지르거나 말거나 상관하지 않고 칼을 발등에서 뽑은 다음 의자를 발로 밀어 버렸다. 머리가 딱딱한 대리석 바닥에 부딪히면서 아리었지만 발등에서 느껴지는 통증에는 비할 바가 아니었다.

고통에 차마 움찔거리지도 못하는 나를 바라보던 미나가 의자를 손으로 붙잡더니 옆으로 세웠다. 내 몸이 다른 물체에 닿는 순간마다 극심한 통증이 느껴졌다. 난 간신히 고개를 내려서 내 발을 살폈다. 길쭉한 아몬드 모양의 상처에서 피가 줄줄 새어 나왔다. 아무래도 칼날이 아주 깊게 몸 안을 파고들어 간 것 같았다.

"갑자기 그렇게 말하면 믿겠어요?"

미나가 손가락으로 내 얼굴을 쿡 찔렀다. 난 아주 흉하게 울고 있었고 눈물이 끝도 없이 뿜어져 나와서 앞이 잘 보이지를 않았다. 미나가 하는 말은 제대로 들리지도 않았다. 그냥 아파, 아프다, 너무 아파, 아파, 진짜 너무 아프다고.

미나가 내 얼굴에 손을 가져다 대더니 거칠게 벅벅 문질렀다. 다시 시야가 뚜렷하게 보였고 눈가가 쓰라리었다. 미나는 잠금 화면이 켜진 내 핸드폰을 얼굴에 들이밀었다. 얼굴 인식이 되었음을 알리는 소리가 들리더니 잠금이 풀렸다. 미나가 핸드폰을 만지더니 곧 다이얼 음이 들렸다. 누군가에게 전화를 거는 모양이었다.

"어, 나야. 아니, 괜찮아. 어, 어. 내가 주소 보내 줄 거니까 당장 와. 당장."

상대방이 대답을 한 것 같지도 않은데 미나는 바로 전화를 끊어 버렸다.

"여기 충전기 있었어?"

내가 어벙한 질문을 하자 미나가 어이가 없다는 듯이 웃었다.

"네. 이제부터 무슨 일이 벌어질지 설명해 드릴게요."

미나가 핸드폰을 주머니에 집어넣고 손에 들고 있던 칼을 다시 단단히 쥐었다. 저렇게 칼을 든 상태로 난리를 피우면서 실수로라도 한 번을 베이지 않는 것이 신기했다.

"일단 저희 엄마랑 오빠에 대해서 좀 말씀을 드릴게요."

정신을 차려야 했다. 난 손을 들썩거리면서 매듭을 풀기 위해 부단히 노력했다.

"언니가 엄마하고 오빠가 주인공인 척했다는 거, 맞는 말이에요. 전 약간 옆에 따라다니는 귀여운 감초 역할이었고. 그런데 언니가 모르는 사실이 뭔지 알아요?"

미나가 신발을 벗은 다음 바닥에 가지런히 모았다. 곧 차가운 발바닥이 내 얼굴 위로 올라왔다. 퀴퀴한 냄새가 났다.

"엄마는 주인공이 맞았어요. 오빠가 주제를 모르고 나대는 바람에 다 망쳐 버린 거지."

얼굴에 발을 올린 게 재수가 없어서 혀를 살짝 내밀어 발바닥의 주름을 핥자 미나가 발을 치웠다. 땀에 전 발바닥을 핥은 것은 난데 정작 자기가 역겨워하는 표정을 짓는 것을 보니 어이가 없었다.

"가지가지 한다, 정말."

"한 번만 더 발 들이밀면 발가락 뜯어 버린다."

내가 듣기에도 전혀 위협감이 느껴지지 않는 목소리였다. 미나가 코웃음을 치더니 티셔츠 천을 붙잡고 펄럭였다. 이마에 땀방울이 다닥다닥 맺혀 있었다. 기다란 티셔츠 안으로 바람이 들어가면서 부풀어 오르자 마치 드레스나 치마처럼 보였다. 하수구에서 기어 나온 몰골을 하고 있는 공주님이 입을 열었다.

"저희 엄마는 진짜 특별했어요. 빛이 항상 따라다니는 사람이었다니까. 그런데 오빠가 다 망쳐 버렸죠. 의심하고 원망하고 시기하고. 그래서 엄마가 결국엔 저를 떠나야 했어요. 저뿐만이 아니고 엄마를 믿고 의지하고 따르던 사람들을 모두. 오빠는 그런 끔찍한 짓을 저지르고 제 인생을 망쳤으면서, 절 보고 처음으로 한다는 말이 뭐였는지 알아요? 나한테 도움이 필요하다고 그랬어요. 나하고, 같이 싸우는 사람들도 모두."

손에 감각이 느껴지지 않았다. 발등에서 느껴지던 고통도. 고통이 느껴지지 않는 것은 좋았지만 내가 서서히 송장이 되는 기분이 썩 좋지는 않았다.

"그렇게 잘난 척을 해 놓고 결국에는 한다는 짓이 날 패고 가방에 집어넣는 거예요. 김영헌이 사는 곳을 찾아서 침입하고 제압한 것도 다 제가 혼자서 한 거예요. 오빠가 한 거라고는 그냥 따라온 것뿐인데 그것도 망쳐 버렸고. 뭐, 한 번 더 기회를 준 건 제 잘못이긴 하지만."

미나가 적어도 몇 가지는, 어쩌면 전부 다 거짓말을 하고 있는 것은 분명했다. 아무리 김영헌이 술 담배와 유흥에 찌든 지난 몇 년으로 인해 건강과 체력이 바닥을 쳤고 살짝 약을 하는 바람에 정신이 몽롱했다고 해도 종이 인형 같은 여자애 하나에게 속수무책으로 당할 리는 없었다.

아마도 인유와 미나가 함께 이곳으로 왔을 것이다. 그 와중에 인유가 미나가 다른 의도를 가지고 여전히 '신도'들을 우르르 이끌고 다닌다는 사실을 알게 되면서 강력한 조치를 취했을 가능성이 컸다. 아니면 편집증적인 망상으로 미나에게 다른 의도가 있을지도 모른다고 생각해서 공격을 했든지.

그럴 거면 차라리 죽여 버리지 무슨 생각으로 살려 뒀는지 그 연유는 내가 잘 모르겠지만. 원래 남의 가정사는 추측해 봐야 소용이 없긴 하다. 정말 무슨 일이 있었는지 지금 와서 알 방도도 없고.

상처가 없는 쪽의 발을 바닥에 딛고 살짝 몸에 힘을 주었다. 잘하면 몸의 방향을 움직일 수도 있을 것 같다. 미나는 자신이 하는 이야기에 완전히 심취해서 내가 움직이든 말든 별 관심이 없었다. 어차피 꽁꽁 묶여 있으니 가망이 없다고 생각하는 거겠지. 엉성해 보였던 매듭이 놀라울 정도로 강력하긴 했다.

"김영헌 죽었어요?"

미나가 바닥에 드러눕더니 고개를 돌려 내 얼굴을 뚫어져라 쳐다보며 물었다.

"그런데 상관없나, 어차피 언니가 중요하니까."

"나 죽일 거야?"

"같이 일하는 사람들…… 그 영화를 되게 좋아해요."

미나가 물어보지도 않은 대답을 하더니 다시 자리에서 몸을 일으켰다. 검은 머리카락이 정전기를 일으키면서 부스스하게 부풀어 올랐다.

"저랑 오빠하고 엄마 얘기를 다 알거든요. 제가 엄청 자세하게 말해 줘서. 영화는 또 나만 쏙 빼고 언제 보러 가셨나 했는데 한 명이 주도해서 단체로 영화 관람이라도 간 모양이에요. 저한테 얼마나 물어보던지, 참."

"미나야."

"감독이랑 혹시 아는 사이냐고 묻더라구요. 되게 깐깐하고 좀 저한테 열등감을 많이 가진 애가 하나 있거든요? 걔가 계속 캐묻는 거예요. 어떻게 된 거냐고. 설명을 해야 할 필요가 있지 않냐고 하면서."

"미나야, 제발."

난 거의 빌고 있었다. 떠난 줄 알았던 통증이 다시 돌아오고 있었다.

"걘 그냥 제가 우두머리로 있는 게 싫은가 봐요. 평소 같음 개가 짖는다 하고 넘어가면 그만인데, 계속 얘기가 나와서 엄청나게 거슬리더라구요. 영화가 진짜 쫄딱 망해 버렸어야 했는데, 그쵸? 안 그래도 요즘 제가 좀 소외되기 시작했는데 그 망할 영화 때문에······."

미나가 천장으로 고개를 올리더니 크게 소리를 내질렀다. 고개를 내린 미나의 얼굴에는 침방울이 맺혀 있었다.

"사람들 관리하는 건 정말 어려워요. 사람 죽이는 것보다 몇 배는 더."

미나가 칼을 높이 들었다.

"그래서 감독이라는 새끼 잡아가서 직접 눈앞에서 죽여 버리려고 했는데, 일이 이렇게 됐네요. 그래도 모로 가도 서울로 가면 된 거죠. 맞죠?"

미나가 칼을 쥔 손을 옆에 세우고 나에게 가까이 다가왔다.

"언니."

미나가 내 앞에 무릎을 꿇더니 칼을 옆에 내려 두고 기도하듯 손을 맞잡고는 깍지를 꼈다. 그리고 상반신을 슬쩍 내 방향으로 내밀었다. 꼭 아이들에게 나쁜 소식을 전달해야만 하는 엄마처럼.

"제가 그냥 확실하게 말씀을 드릴게요."

발에 감각이 없다. 바닥에 닿고 있는지도 모르겠다. 침을 삼켰지만 뻣뻣한 목의 감각만 느껴졌다. 몸에 들어 있는 모든 액체들이 빠져나간 것처럼 점막이 퍼석했다.

"언니는 이 집에서 살아서 못 나가요."

집 안 공기 중에서 날아다니는 먼지가 목 안으로 고스란히 들어오는 것 같아서 입을 닫았다. 눈가에 피가 몰리는 듯 뜨거운

3장 희생

느낌이 감돌기 시작했다.

"김영헌한테는 시간 낭비만 한 셈이니까 언니는 좀 더 확실하게 해야겠죠, 그렇죠?"

"그냥 내가 말해 줄게. 다 말해 줄게, 미나야. 알겠지? 그러니까 나 살려만 줘."

"무슨 말?"

"내가 초능력으로 너에 대한 얘기를 썼다, 뭐 그렇게 말할게. 쟤가 진화라고. 진화 원래 여자애였다고. 그러면 되는 거 아냐?"

미나가 한숨을 쉬었다. 그리고 몸을 일으키더니 공격적인 몸짓으로 나를 향해 걸어왔다. 미나의 발가락이 내 코 바로 앞에서 멈춰 섰다.

"언니, 이해가 안 되죠? 이건 그 영화가 제 얘기가 맞고 아니고 하고는 상관이 없어요."

"그래도 내가 그렇게 말하면 도움이 되긴 할 것 아냐."

"도움이 되긴 무슨."

미나가 칼등을 내 목 위에 올리더니 종이에 그림을 그리는 것처럼 가볍게 쓸었다. 난 칼이 내 피부 위에서 떨어지는 순간까지 어떤 소리도 내지 않았고, 꼼짝도 하지 않았다.

"전 언니가 세상에 존재하는 거 자체가 싫어요. 그 영화도 그렇고."

"날 죽이면 걔네가 생각하는 게 바뀔 것 같아?"

"언니를 죽여서 바뀌는 건 아니죠."

미나가 내 코를 칼끝으로 톡 하고 건드렸다.

"언니 몸에 들어간 악령을 퇴치하면 바뀌는 거지."

미나가 주머니에 손을 집어넣더니 빨갛고 반짝거리는 물건을 꺼냈다.

"언니가 자는 동안에 내가 서랍에서 찾은 거."

카르마 플레이 로고가 적힌 성냥갑에 전등 빛이 반사되어 광택이 났다. 저 물건을 전에 본 적이 있었다. 영화관에서 직접 제작해서 한정된 수량으로 관객들에게 나눠 준 시그니처 굿즈였다. 진화가 영화 속에서 사용한 성냥과 디자인이 똑같았다. 가죽처럼 보이는 겉이 매끈한 작고 빨간 상자. 안에 든 성냥은 머리 부분이 하얗고 검은색 몸통을 가지고 있었다.

내가 쓴 각본에서는 라이터였다. 그냥 평범한 일회용 가스라이터. 그런데 김영헌은 그걸 아무리 보아도 전문 디자이너가 디자인을 한 것이 분명해 보이는 성냥으로 바꿔 버렸다. 악령을 쫓아낼 때 사용하는 물건이 저런 모양이면 안 된다. 관객의 몰입을 방해한다고. 갑자기 화보 촬영장이 되잖아. 영화가 성공한다면 추후에 자연스럽게 이어질 굿즈 판매의 수요를 노린 것이 분명했다. 예쁘장한 것에 집착 좀 그만하라고, 제발.

"언니가 능력이 있는 게 아니고 나를 함정에 빠뜨리고 의심하게 하려는 악령의 짓이었다고 하는 거죠. 어때요?"

영화에서 정확하게 어떻게 사용을 했더라? 몇 번째 악령이었지? 아마도 두 번째 아니면 세 번째. 진화가 조언을 위해 찾아간 무당이 알고 보니 적의 수하였고 이미 악령에 지배당한 상태였다는 설정이었다. 처음으로 동료들과 같이 퇴치를 하는 중요한 장면이었고, 무엇보다 잔인했다. 내가 생각할 수 있는 가장 잔인한 방법을 썼다. 내가 그 장면을 쓰면서 얼마나 재미있었는지 떠올렸다. 꼭 잠자리 날개를 떼어 내는 어린애처럼.

사람을 바닥에 대자로 눕힌 다음 노란 테이프로 팔과 다리를 고정시키고, 주위에 불을 피우고는 몸을 말단부터 조금씩 태우는 고문이었다. 이름도 따로 지었는데, 뭐였더라. 구원의 불? 아니, 계몽의 불이었나. 순수한 어쩌고…… 아무튼 그런 비슷한 느낌이었다. 불과 고통을 통해서 더러워진 육체를 신성하고 순수하게 다시 만들어 내는.

"먹히는지 아닌지는 직접 확인해 보죠, 뭐."

미나가 내 얼굴을 툭툭 치면서 말했다. 영화에서 무당은 결국 악령의 지배에서 벗어나지만, '진화'는 제정신이 돌아온 무당의 도움 요청은 무시한다. 그들은 눈물을 흘리면서 애원하는 그을린 무당을 그냥 버려 두고 다음 목적을 위해서 떠난다. 각본에서 진화는 무당의 살이 타면서 나오는 냄새를 막으려 코를 막았다고 묘사됐고 동정심을 느끼기보다는 조금 역겨워했지만.

미나는 보나 마나 각본대로 날 죽일 사람이었다. 내가 그렇게 죽으면 나름 구조가 명확하겠지. 숲에서 시작해서 물로 이어져 불로 끝이 나는.

그때 핸드폰 소리가 시끄럽게 울려 퍼졌다. 미나가 주머니에서 핸드폰을 꺼내더니 전화를 받았다. 그들이 나누고 있는 대화 내용이 하나도 귀에 들어오지 않았다. 내 귀에는 모든 방송이 끝난 다음 텔레비전에서 들려오는 것 같은 소리처럼 들렸다.

난 나에게서 등을 돌리고는 칼과 핸드폰을 같은 손에 들고 열심히 이야기를 하는 미나를 올려다보았다. 갑자기 미나가 그대로 미끄러져서 넘어지기라도 한다면 좋을 텐데. 오늘 하루 종일 그 난리를 겪고도 여전히 기적을 바라는 것이 우스운 일이긴 했다.

그때 거실의 천장이 눈에 들어왔다. 부잣집이 으레 그러하듯이 난해한 디자인의 전등이 화려하게 빛을 뿜어내고 있었다. 조개껍데기 같은 유리 조각 아래에 진주처럼 빛나는 전등 주위를 유리로 만들어진 작은 새들이 날아다니고 있었다. 그중 유난히 크고 아름다운 새가 나를 향해 갑자기 고개를 돌렸다. 푸른빛이 은은하게 도는 아름다운 유리알 같은 눈이 나를 보았다. 새가 날개를 펼치자 빽빽하게 차오른 깃털이 보였다.

가만 생각해 보니 진화가 새를 보는 것을 좋아한다는 설정을 초기 각본에 넣었던 기억이 났다. 뻔한 상징이다. 항상 자유로워지고 싶어 하던 아이니까. 곧 투명한 부리가 열리더니 유리 새가 나에게 말을 걸었다.

꾸룩. 꾸루루루룩. 꾸루루루 꾸루루루룩.

지금 시간이 얼마나 지난 거지? 푸른빛의 깃털에 점점 다른 색깔이 섞이고 있었다. 동이 트고 있구나. 갑자기 이상한 기운이 몸 안에서 느껴졌다.

"미나야."

목의 살이 접힐 정도로 목을 굽히고 말하자 몇 달은 말을 하지 못한 사람이 내뱉는 듯한 걸걸한 목소리가 나왔다.

"고맙다."

미나가 멈칫하더니 핸드폰을 다시 주머니에 넣었다. 난 위아래 어금니 사이로 볼 안쪽 살을 살짝 문 다음 다리에 다시 힘을 줬다.

"뭐?"

발에서는 이제 피가 더 이상 흐르지 않는 것 같다. 아마도. 사실 감각이 잘 느껴지지 않았다. 오히려 잘된 일이었다. 발가락 근처의 상처에 노끈의 거친 부분이 닿았지만 통증은 느껴지지 않았다. 피가 빠져나간 덕분인지 아니면 그 난리 통에 매듭이 약간 풀린 건지 끈이 더욱 느슨해진 듯했다. 오른쪽 발이 속박을 빠져나오자 발목의 피부에 쓰라린 열감이 느껴졌다.

"인유 죽여 줘서 고맙다고."

이빨 사이에 말캉한 살을 가두고 깨물자 피가 스며 나왔다. 하지만 충분한 양이 아니었다. 미나가 쥐고 있는 칼은 내 안으로 뚫고 들어오지 않고 여전히 거리를 지키고 있었다. 난 미나의 얼굴을 살폈다. 코와 입술 주변에 주름이 잡혀 있었다. 당혹스러운 건지 화장실이 급한 건지 구분이 잘되지 않았다.

"언니 뭐 해요, 지금."

뭐 하긴, 진짜 개수작이 뭔지 단단히 보여 줄 작정이었다. 난 발 하나를 바닥에 붙이고 몸을 움직였다. 의자가 미끄럽게 밀려 나면서 몸이 뒤로 멀어졌다. 순식간에 날 놓쳐 버린 미나가 다급하게 칼을 휘둘렀지만 칼날은 바닥에 흠집만 남길 뿐이었다. 난 충분히 멀어진 다음 얼굴을 바닥에 밀착시키고 살을 물고 있는 상태에서 다시 얼굴을 바닥에 세게 부딪혔다.

한 번.

머리가 어지러웠고 눈앞이 희뿌옇게 변했다.

두 번, 세 번.

얼얼한 통증이 피와 함께 볼에 한가득 담겼다. 네 번. 흘러나오는 피가 기침과 함께 입 밖으로 뱉어져 나왔다. 아주 만족스러운 양이었다.

"으으으으으으으으……!"

목을 마구 돌리면서 앓는 소리를 냈다. 쉬지 않고 입에 담긴 피를 마구 내뱉자 금방이라도 숨이 멎을 것 같은 소리가 났다. 이젠 거의 의자에서 벗어나 바닥에 누운 상태였기에 입에서 튀어나오는 액체는 내 얼굴을 타고 내려가 새하얀 바닥으로 흘러갔다. 계속해서 침을 모은 다음 흘러나오는 피와 섞어 입 밖으로 내뿜자 빨간 거품이 생겼다. 인유의 피가 굳어 묻은 바닥의 흔적에 내 피가 섞이고 있었다.

미나가 주춤거리더니 슬쩍 뒤로 몸을 피하는 것이 보였다. 내 얼굴 바로 앞에 미나의 발이 있었다. 자세히 보니 아주 깔끔하게 정리가 된 반질거리는 발톱이 보였다. 난 냉큼 목을 쭉 내어 이빨로 엄지발가락의 끝부분을 깨물었다. 미나가 비명을 지르면서 발을 흔들자 내 턱이 발가락에 맞았고 난 그대로 바닥에 얼굴을 부딪혔다.

바닥에 얼굴을 처박고 있는 상태에서 난 미나의 다음 행동을 기다렸다. 죽음을 각오하고 있었다. 비명의 강도를 보면 나에게 어느 정도 겁을 먹은 것 같았지만 오히려 흥분된 상태에서 마구잡이로 칼을 휘두를 수도 있으니까. 하지만 날카로운 쇠가 내 몸을 가르는 일은 없었다. 난 속으로 다섯까지 센 다음 천천히 고개를 들었다.

"미나야……."

고개를 들자 내 앞머리 사이에 갇혀 나를 내려다보는 미나와 눈이 마주쳤다. 목 안쪽이 건조해서 별다른 노력 없이도 걸걸한 목소리가 나왔다. 난 눈을 크게 떴다.

"엄마야…… 미나야…… 엄마……."

미나의 표정은 한마디로 가관이었다. 미나의 얼굴 위의 모든 것이 떨리고 있었다. 살짝 기울어진 눈썹, 기다란 속눈썹, 새까만 눈동자와 분홍색 입술, 그리고 그 사이로 보이는 조금 못생긴 이빨들까지.

"미나야…… 엄마……."

미나의 콧구멍이 커졌다 작아지는 것을 반복하고 있었다. 상당히 몰입을 방해하는 행동이었다. 난 간드러진 목소리로 흥얼거렸다.

"엄마라니까?"

그래, 이건 좀 심했다. 결국엔 참지 못하고 웃음이 터져 나왔다. 목 안으로 계속 입에서 터져 나오는 피가 흘러가고 있어서 숨을 쉬는 것이 어려운 탓에 막힌 하수구에서 물이 역류하는 소리가 났다.

맑은 콧물이 울컥 뿜어져 나오는데 무언가 느낌이 이상하다 싶더니 뜨거운 피가 같이 섞여서 흘러내리고 있었다. 아무래도 아까 전 피가 났던 상처가 다시 터진 듯했다. 오늘 운수가 마침내 풀리기 시작한 모양이다.

조금씩 흐르던 핏방울은 곧 물줄기로 변했다. 난 얼굴이 더욱 피범벅이 되도록 이젠 하얀 부분이 거의 보이지 않는 바닥에 얼굴을 마구 비볐다. 피 냄새가 진동을 했다. 내 피인지 인유의 피인지는 몰라도 헛구역질이 나올 정도로 냄새가 지독했다. 이왕 이렇게 된 거 토악질을 하면 더 그럴듯한 분위기가 조성이 될지도 모르겠다.

"씨발, 지금 뭐 하는 거야."

그렇게 말하는 미나의 얼굴에는 조금의 웃음기도 없었다. 이

말도 안 되는 짓거리가 통하는 모양이다. 아니면 내가 감히 엄마를 들먹여서 화가 났나? 어찌 되었든 이 지옥 같은 서커스에서 착지에만 성공한다면 승기는 나의 손에 있었다.

"엄마 보고 싶었어?"

"뭔 짓이냐고, 이게. 작작 해."

"넌 멍청한 거야, 못 알아듣는 척하는 거야?"

난 목에 무언가 걸려 있는 것처럼 걸걸한 목소리를 냈다. 말을 하는 중간마다 뱀처럼 혀를 날름거렸다. 딱히 이유가 있는 것은 아니고, 그게 더 눈에 거슬릴 테니까.

"영화 내용이랑 너네 얘기랑 똑같은 게 진짜 우연인 줄 알았어?"

"알아듣게 똑바로 얘기해."

미나는 혼란스러워 보였다. 난 코로 돼지 소리를 내면서 웃었다.

"인혜라는 여자가 하는 말이 진짜인 줄 알았냐고."

"뭔 소리야."

"미나야, 미나야? 미나. 미나야."

미나가 칼을 쥔 손을 가다듬으면서 짐짓 위협적으로 칼날을 앞세웠다. 하지만 목소리가 애처롭게 떨리고 있었다.

"너를 기다리고 있었어."

다시 부드러운 목소리를 내며 말하자 미나가 또다시 뒤로 물러났다.

"쭉 너를 만나고 싶었어."

"누구냐고, 똑바로 얘기해."

금방이라도 울 것 같은 목소리였다. *이 정도로 효과가 좋을지는 몰랐는데.*

"엄마라니까, 미나야."

"말도 안 되는 소리 하지 마."

난 혀로 입술을 핥으면서 히죽 웃었다.

"이 여자 몸에서 계속 기다리고 있었어."

"아냐, 엄마는…… 엄마, 엄마는……."

"돌아오려면 이렇게 할 수밖에 없었어."

미나가 이빨을 세게 꽉 깨물었다. 난 고개를 몇 번 까딱거리면서 흔들었다.

"너를 찾으려고 글을 쓴 거야. 인유하고 너를 찾으려고."

미나가 자리에서 튀어 오를 것처럼 몸을 들썩였다.

"그럼 날 그냥 찾았어야지, 엄마!"

미나의 얼굴이 새빨갛게 변하면서 눈코입이 톡 하고 튀어나올 것처럼 얼굴이 부풀어 올랐다. 난 눈물을 흘려야 하나 싶었다. 하지만 피로 범벅이 된 얼굴에 눈물이 흐른다고 티도 나지 않을 것이 분명했다.

"왜 이런 모습으로 돌아온 거야? 왜 하필 뭐 이런 여자 몸에……."

난 그 말을 무시했다. 진짜 진화의 엄마가 그럴 것처럼.

"오빠는 왜 죽였어, 미나야……."

내가 그렇게 말하자 미나의 표정이 다시 굳었다.

피를 너무 많이 흘려서 뇌가 가벼워진 것인지 서서히 의식과 무의식의 경계가 흐려지는 기분이었다. 난 카메라를 찾아서 이리저리 고개를 돌렸다. 정말로 옆에서 숨죽여서 미나와 나를 지켜보고 있는 현장 스태프들의 숨소리가 귀에 들리는 것 같았다. 곧 감독이 컷을 외치고 매니저가 다가와서 나를 담요로 감싼 다음 빨대를 꽂은 생수병을 내 입에 물려 주고 미나가 나에게 다가와 시시한 농담을 던지면서 촬영은 도대체 언제 끝이 나는 거야며 푸념을 하는 광경이 떠올랐다. 그럼 난 이렇게 말하겠지. 이게 네 직업이야. 받아들여.

다시 한번 바닥에 고개를 박았다. 입을 조준해서 때리는 바람에 이빨이 조각나 하얀 파편이 피 위로 떨어졌다. 미나가 작게 소리 질렀다. 이런 광경에도 놀라는 게 무슨 자신감으로 사람을 죽이려고 했는지 모르겠다. 보나 마나 센 척한다고 허세를 부린 것이 분명했다.

"이제 이 여자 몸에서 내가 나갈 거야, 미나야."

"무슨 소리, 무슨……."

"그럼 이제 우리 다시 함께하는 거야."

"이해를 못 하겠어."

"이제 시간이 얼마 안 남았어."

"도대체 무슨 짓을 한 거야, 엄마?"

"널 위해서 한 거야, 미나야."

난 크게 웃으면서 몸을 꺾기 시작했다. 귀신이 들린 여자가 나오는 영화처럼. 뼈가 끊어지는 것 같은 효과음은 입으로 직접 냈다. 배우와 작가, 이젠 음향 엔지니어 몫까지 모든 일을 내가 하고 있었다. 오직 단 한 명의 관객을 위해서.

난 미나에게서 멀어져 조금씩 소파 앞에 있는 테이블 근처로 다가가며 다리를 마구 휘젓기 시작했다. 순간순간 발가락 사이로 날카로운 소주병 조각들이 느껴지긴 했지만 끈을 자를 수 있을 만큼 큰 조각은 느껴지지 않았다. 애초에 너무 작아서 발가락으로 붙잡을 수도 없었다. 게다가 칼에 찔린 발은 사용할 수도 없어서 반경이 지극히 제한적이었다.

"알아듣게 똑바로 말해!"

미나가 쩌렁쩌렁한 목소리로 소리를 질렀다. 내 발바닥에 묵직한 유리 조각이 느껴졌다. 굳은살이 있는 쪽으로 슬쩍 훑어보니 끝이 날카로웠다. 난 입이 찢어져라 웃었다.

"내가 한 말 기억 안 나? 세상에는 모든 사람들이 잠든 시간에도 선과 악의 싸움이 항상 벌어지고 있다고 그랬잖아. 너를 위해서 엄마는 계속 싸우고 있었어. 다시 너한테 돌아오려고. 너도 그랬지?"

잠깐, 각본에 내가 그런 대사를 쓴 적이 있었나? 영화에서도 그런 언급은 없었던 것 같은데. 왜 그 말을 했는지 모르겠다. 말이 방언처럼 속수무책으로 튀어나오고 있었다. 혀 아래에 있는 살을 살짝 깨물었다. 피가 스며 나오자 혀 위에 피를 고이게 한 다음 혀를 쭉 내밀었다. 뱀의 혀처럼 보이게 좁고 단단하게.

"미나야, 내가 죽게 내버려 두면 안 돼. 알겠지? 인유는 어쩔 수 없었지만 난 믿어야 해. 알겠지?"

나도 내가 무슨 말을 하는지 모르겠다. 어쩌면 역효과를 불러일으킬 수도 있다. 그래도 내가 생각하지 않고 내뱉는 말에 미나의 양손에 핏줄이 선명하게 보일 정도로 힘이 들어가는 것을 보니 즐거웠다. 바깥은 점점 더 밝아지고 있었다. 이젠 전등의 빛이 약하게 느껴질 정도였다.

"해가 뜬다, 해가. 조금만 기다려, 미나야."

미나는 하고 싶은 말이 굉장히 많아 보이는 표정이었지만 정작 말이 없었다. 다행이었다. 솔직히 더 이상 뭐라고 해야 할지 생각해 놓은 것이 없었다.

바닥에 누워 있는 상태로 양반다리 자세를 하는 것은 힘든 일이었다. 원래도 몸이 유연한 편이 아니었다. 그렇기 때문에 엄지와 검지 발가락 사이에 금방이라도 살이 베일 것같이 날카로운 유리 조각을 쥐고 힘을 줘 복부로 다리를 당기는 것은 당연히 나에게는 엄청난 고통이 수반되는 몸짓이었다.

미나의 눈이 지그시 감기더니 속눈썹 아래에서 화보에서나 볼 법한 완벽한 물방울 모양의 눈물이 한줄기 흘러내렸다. 미나의 입술이 열렸지만 말은 흘러나오지 않았다. 적어도 내 귀에는 들리지 않았다. 내가 엄마의 목소리로 다시 말을 걸려는 순간, 미나의 눈이 뜨이고 평온한 눈동자가 모습을 드러냈다.

"넌 엄마가 아니야."

정말로 그렇게 생각을 하는 것인지 아니면 그렇게 믿기로 결심한 것인지는 알 수 없었다. 중요한 것은 미나가 결정을 내렸다는 것이었다. 미나가 결심을 한 표정으로 칼을 들고 성큼성큼 다가왔고, 그 순간 거의 나의 몸을 초월하는 정도의 힘이 솟구쳐 나왔다.

　미나가 내 목을 향해서 칼날을 휘두른 순간 내가 바로 고개를 옆으로 돌리자 칼날은 가죽을 뚫고 내 목 바로 뒤, 의자 목 받침 내부의 철제 틀에 쑤셔 박혔다. 미나가 바로 칼을 빼내려고 했지만 칼날은 빠져나오지 않고 철이 서로 부딪치는 소음만 들릴 뿐이었다.

　난 유리 조각을 쥐고 끈을 썰어 나갔다. 미나가 내 배 위에 발을 올리고 칼을 빼내려고 안간힘을 썼다. 이젠 내 몸의 어느 곳에서 고통이 느껴지는지 정확하게 구분이 되지 않을 정도였다. 난 내 손안의 고통에 집중했다. 마침내 반짝거리는 초록색 유리가 빨간 끈을 뚫고 빠져나오는 것이 느껴졌다.

　가장 먼저 소주병 조각을 꽂은 곳은 미나의 허벅지였다. 그다음은 무릎 뒤쪽의 연한 살을. 이어서 발목과 아킬레스건이 있는 부근을 연거푸 찔렀다. 마지막으로는 종아리의 정중앙에 조각을 박아 넣고 상처가 깊게 생기도록 조각을 쥐고 위아래로 흔들었다.

　미나가 쥐고 있던 칼자루를 놓치고 뒤로 넘어졌다. 인유의 시체 위로 착지한 미나는 아무런 움직임이 없었다. 난 당연히 바로 경계 태세를 취했다. 고작 다리를 찔렸다고 순순히 갈 위인이 아니라는 것을 알았기 때문에. 여전히 한쪽 손이 팔걸이에 묶인 상태로 미나를 향해 걸어갔다. 팔로 의자를 당기자 꽂혀 있는 칼이 덜그럭거렸다.

"미나야."

내가 손을 뻗어 다리를 만지자 미나의 몸이 움찔거렸다.

"엄마 왔다, 자냐?"

자꾸만 실실 웃음이 나왔다. 미나는 반격을 할 생각이 전혀 없었다. 어쩌면 여전히 나에게 겁이 질린 상태인지도 모르겠다. 고개를 내리자 내 옷이 완전히 피로 범벅이 된 것이 보였다. 내 얼굴 상태야 볼 것도 없겠지. 어쩌면 난 이미 죽었고 정체를 알 수 없는 무엇인가가 정말로 내 몸에 들어온 것인지도 모른다. 내가 두 다리를 땅에 대고 서 있는 것이 신기했다. 오늘 흘린 피로 목욕을 할 수도 있을 텐데.

인유 위에 올라탄 미나의 몸 위에 나는 올라탔다. 대자로 뻗어 누운 미나는 아무런 반항이 없었다. 목이 완전히 뒤로 젖혀진 상태여서 어떤 표정을 짓고 있는지 알 수 없었다. 혹시나 모를 사태를 대비해 미나의 명치 부분에 발을 댔다. 발에 있는 상처 자국에 피가 굳어 문득 십자가 모양으로 보였다. 미나와 인유의 몸 가장 위에 내가 있었다. 내가 몸을 움직이자 당겨진 의자가 인유의 머리에 부딪혔다.

"고개 들어 봐."

왠지는 모르겠지만 무조건 미나의 얼굴을 보아야 한다는 생각이 들었다. 지금 당장 죽이는 것이 현명한 선택이라는 것을 알면서도.

"날 봐."

미나가 목에 힘이 주더니 서서히 고개를 들기 시작했다. 길고 난잡한 머리카락이 흩어지며 미나의 얼굴이 드러났다. 난 손가락 사이로 날카로운 부분이 빠져나오도록 유리 조각을 단단하게 쥔 다음 미나의 목 가운데 세웠다.

"마지막으로 할 말 없어?"

이제야 아까 전부터 느껴지던 도저히 정확하게 파악할 수 없는 묘한 기분을 알 것 같았다. 난 지금 엄청난 분노에 휩싸인 상태였다. 단순한 분노가 아니었다. 날 죽도록 고생시키고 허무하게 뒈진 인유나, 오컬트 소꿉놀이를 한답시고 깽판을 치고 다니는 미나와 얘 뒤를 졸졸 따라다니는, 아마도 한심한 인생을 살고 있을 것이 분명한 추종자들, 그리고 나를 자르고 부수고 조각내고 불태우고 발로 밟고 잘근잘근 씹어서 뱉어 버린 김영헌에게.

하지만 분노만 느껴지는 것은 아니었다. 난 이제야 이해가 되기 시작했다. 내가 어떤 존재인지. 내가 이 집으로 김영헌을 죽이러 온 것은 운명이었던 것이다. 내가 있어야 할 곳은 여기였다. 모든 길이 이곳으로 향하고 있었다. 내가 의식을 치르기 위해. 물론 의식에서 살이 잘리고 피가 나오는 것은 기본이다. 내가 이 집에 발을 들인 순간부터 난 이미 활활 타오르고 있었다는 것을 이제야 깨달았다. 과연 미나의 검은 눈동자에 비친 내 모습은 심지처럼 까맣게 빛나고 있었다.

난 미나의 입술이 벌어지는 순간 바로 빨간 줄을 긋듯 목을 베었다. 미나는 격분하며 소리를 지르지도, 겁에 질려서 목에서 흘러나오는 피를 막으려고 하지도 않았다. 마취를 당한 것처럼, 그저 살짝 몸이 떨릴 뿐이었다. 온순한 가축을 죽이는 것이 이런 기분인가 싶었다. 난 유리 조각을 빼내지 않고 그대로 더욱 깊숙이 안쪽으로 집어넣었다. 미나의 새까만 눈동자가 이리저리 움직였다.

난 미나의 눈을 가렸다. 그리고 더 이상 흘러나오는 것이 없을 때까지 손으로 벌어진 목의 틈을 막고 있었다. 피가 아닌 다른 것이 빠져나오지 못하도록.

성훈은 왜 자기가 가장 무거운 짐을 들어야 하는지 이해를 하지 못했지만 그래도 불평하지는 않았다. 하지만 집으로 올라가는 길이 지나치게 가파른 편이어서 은근히 다른 사람들이 알아서 짐을 하나둘씩 챙기기를 바랐지만 다들 다른 것에 정신이 팔린 것 같았다. 성훈은 퇴마 도구가 든 가방을 처음에는 양손으로 들었다가, 왼쪽 손과 오른쪽 손으로 번갈아 들었다가, 나중에는 아예 품에 껴안은 상태로 들어 올렸다.

"아, 진짜, 오는 길이 어떻다고 자세하게 설명을 해 주지, 좀."

정혜 누나가 티셔츠 자락으로 이마를 연신 닦으면서 불평을 하자 인수 형이 사람 좋게 웃었다.

"그러게 따라오지 말라니까."

"닥쳐."

인수 형은 시체를 처리할 도구들이 들어 있는 캐리어를 땅에 끌고 오고 있었는데, 자잘한 돌에 부딪히는 순간마다 안에 든 물건들이 서로 부딪히면서 시끄러운 소리를 냈다. 정혜 누나는 모든 끝이 날카로운 은으로 만들어진 십자가를 제외하고 아무런 물건도 들고 있지 않았다.

미나 님이 이걸 봤다면 분명 뭐라고 한마디를 했을 거고, 두 사람은 또 긴 말싸움을 벌였을 것이 분명했다. 성훈은 미나 님이 이 자리에 없어서 정말 다행이라고 생각했다. 두 사람은 요즘 언쟁을 벌이는 일이 엄청나게 늘었다. 이게 다 그 망할 놈의 영화 때문이었다. 미나 님의 이야기와 너무나도 유사한 영화 하나 때문에.

정혜 누나가 기어코 사람들을 모아서 단체 상영회를 끝낸 다음에는 다들 그냥 공포 영화가 거기서 거기라고 하면서 별다른 신경을 쓰지 않았지만 정혜 누나는 거기서 끝을 맺을 생각이 없어 보였다. 기어코 미나 님에게 영화에 대해서 질문을 했고, 혹시 미나 님이 이 영화의 이야기를 어디서 먼저 읽고 이야기를 지어낸 다음 거짓말을 한 것이 아니냐는 정말이지 터무니없는 주장을 넌지시 제안했다.

미나 님과 이 모든 것의 시작을 함께했던 '원로'들이 말도 안 되는 얘기라고, 자신들이 미나 님이 말한 이야기에 대한 증거들을 직접 봤다고 하면서 역정을 내자 정혜 누나는 오히려 뻔뻔스럽게 그렇다면 자신에게도 그 증거를 보여 달라고 주장했다. 원로들은 주제를 모르고 날뛰는 배은망덕한 정혜 누나를 내쫓아 버려야 한다고 길길이 뛰었지만 그렇다고 증거를 제시하지도 못했다. 그러자 정혜 누나와 비슷한 시기에 들어온, 정혜 누나와 친밀한 신도들이 그래도 한번 생각해 볼 만한 얘기는 아니냐고 하면서 누나의 편을 들었다.

그 이후로는 팽팽한 신경전이 이어졌다. 안 그래도 요즘 들어 원로들과 비교적 최근에 들어온 신도들 사이에서 이상한 세력 싸움이 벌어지고 있던 와중에 참 피곤한 일이었다. 그래 봐야 그 사이에 고작 몇 년 차이밖에 나지 않고 어차피 비슷한 처지의 사람들끼리 왜 이러는 것인지.

성훈은 왜 정혜 누나가 평화롭게 유지가 되고 있는 우리의 작은 세상을 그렇게 흔들고 싶어 했는지 지금도 이해가 되지 않았다. 그나마 미나 님이 별다른 관심이나 반응을 보이지 않은 것이 다행이었다. 성훈은 도대체 정혜 누나가 왜 미나 님에게 어떤 사고를 통해서 적대감을 가지게 된 것인지 알 수 없었다. 우리 모두의 삶을 조금씩, 혹은 아주 크게 더 낫게 만들어 준 분인데.

그런데 지금 그 영화를 만든 감독의 집으로 가고 있다니. 미나 님은 인수 형에게 별다른 설명을 해 주지 않고 이곳으로 오라는 말만 남겼다. 인수 형은 이미 그 전부터 명령을 받아서 몇 번 감독의 집을 찾아왔었고, 관찰을 하기도 했다고 말했다. 정혜 누나는 그 말에 버럭대며 화를 냈다. 왜 둘이서만 비밀을 간직하고 있었냐고 하면서. 넌지시 인수 형이 자신의 편이라고 생각했던 정혜 누나로서는 조금 속상한 일이었을 것이다.

원래는 인수 형 혼자서 올 생각이었지만 미나 님이 갑자기 도구들을 같이 챙겨 오라는 지시를 문자로 남기면서 인원이 늘어나게 되었다. 한 명만 더 따라오면 된다는 말에 성훈은 아주 적극적으로 따라나섰지만, 정혜 누나가 같이 올 것을 알았더라면 다른 선택을 했을지도 모른다고 속으로 생각했다. 미나 님과 정혜 누나가 같이 있는 공간에 있다가 보면 자꾸만 속이 아팠다. 도대체 몸 안의 장기 중에서 어느 곳이 아픈지 파악이 되지 않을 정도로.

"감독을 죽인 거 보면 자기도 어지간히 신경이 쓰였나 봐."

"그래서 좋냐?"

"캐리어나 똑바로 챙겨, 소리 시끄러워 죽겠네."

인수 형이 툴툴거리는 얼굴을 보며 씩 웃었다. 성훈은 자신을 뒤에 두고 앞장서서 걸어가는 두 사람의 뒷모습을 빤히 보았다. 어쩌면 인수 형은 자기가 같이 온 것을 더 싫어할지 모른다고, 성훈은 생각했다.

"저기 있네."

정혜 누나가 멈춰 서더니 팔을 쭉 뻗어서 나무 너머를 가리켰다. 잡지에서나 봤던 크고 아름다운 집이 한복판에 서 있었다.

"여기 잘하면 우리 아지트로 써도 되겠는데?"

"말이 되는 소리를 해라."

"감독 시체만 잘 처리하면 실종 처리될 것 아냐. 그럼 걍 꿀꺽하면 되지."

"인수야, 넌 현실 세상에서 살아 본 적이 없니?"

인수 형이 피식 웃으면서 정혜 누나의 어깨를 쳤다. 성훈은 두 사람 사이를 비집고 통과한 다음 가방을 어깨에 메고 집을 향해 뛰어갔다.

"미나 님?"

문을 두드려도 아무런 대답이 들려오지 않았다. 성훈은 문손잡이를 살짝 붙잡고 돌렸다. 문은 잠겨 있지 않았다.

"성훈아, 그냥 들어가자."

성훈은 고개를 끄덕이고 문을 열었다. 이상한 냄새가 확 풍겨 오자 세 사람이 똑같이 얼굴을 찌푸렸다.

"아, 뭐야."

"미나 님, 계세요? 저희 왔어요."

큰 목소리를 낸 것이 아닌데도 집 안에 목소리가 울려 퍼지자 성훈은 갑자기 부끄러움을 느꼈다. 바닥의 느낌이 이상했다. 신발이 미끄러졌다. 성훈은 내부로 걸어 들어가면서 주변을 두리번거렸다.

"미나 님?"

거실의 풍경이 눈에 들어온 순간, 성훈의 손에서 가방이 부드럽게 미끄러진 다음 바닥에 큰 소리를 내며 부딪혔다. 사방이 피로 범벅이었다. 피비린내가 코를 찔렀다.

"씨발, 뭐야?"

정혜 누나가 코를 손가락으로 막으면서 손발이 묶인 상태로 바닥에 엎드려 있는 남자의 몸을 향해 걸어갔다.

"정혜야, 가지 마."

인수 형이 팔을 붙잡았지만 정혜 누나는 팔을 빼낸 다음 남자를 향해 빠르게 걸어갔다. 성훈은 자신의 몸이 딱딱하게 굳는 것이 느껴졌다.

"괜찮아, 죽었어."

정혜 누나가 남자의 머리카락을 붙잡고 당긴 다음 얼굴을 확인하면서 말했다. 인수 형이 크게 소리를 질렀다.

"미나 님!"

"이 사람이 그 오빠라는 사람인가? 비슷하게 생겼네."

"그럼 그 감독이라는 사람은 어디 있지?"

"그러게?"

정혜 누나가 남자의 얼굴을 다시 바닥에 처박고는 자리에서 일어났다. 성훈은 점점 더 혼잡해지는 냄새에 머리가 어지러워져서 빨리 이 공간에서 벗어나고 싶었다. 하지만 인수 형은 미나 님을 부르면서 이미 집 안을 살피기 시작했고 정혜 누나는 어느새 주방으로 가서 냉장고를 열고 있었다.

"성훈아, 콜라 마실래?"

"전 괜찮아요."

어떻게 지금 입안에 뭘 넣을 생각을 할 수 있는 것인지 성훈은 이해가 되지 않았다. 콜라 캔을 따서 한 모금 마신 정혜 누나가 트림을 했다. 그때 인수 형이 다급하게 걸어오며 말했다.

"얘들아, 이리 와 봐."

정혜 누나가 콜라 캔을 인수 형에게 건넸다. 성훈은 팔짱을 끼고 팔꿈치를 마구 긁기 시작했다.

세 사람은 물소리가 조금씩 들려오고 있는 문 앞에 섰다.

"다른 방은 잠겨 있고, 여기서만 소리가 들려."

인수 형의 말에 성훈은 목 뒤와 팔뚝의 털이 솟아오르는 듯한 기분이 들었다. 정혜 누나가 인수 형의 귀에 입을 가져갔다.

"그럼 이 안에 누가 있는 건지는 모르는 거야?"

"알아내려면 들어가는 수밖에 없지."

"성훈아, 가서 무기 좀 챙겨 와라."

"그럴 필요 없어."

"안에 씨발 누가 있을 줄 알고."

"미나 님 아니면 그 감독이라는 사람밖에 없을 텐데 뭐."

"공포 영화 보면 이렇게 태평하게 생각하는 새끼들이 제일 먼저 뒈지는 거 알지?"

인수 형이 어깨를 한번 으쓱하더니 문을 열었다. 정혜 누나가 욕을 내뱉으며 따라 들어가는 모습을 보고 있던 성훈은 문 앞에서 멈춰 섰다. 성훈은 발을 들이지 않고 살짝 열린 문틈 사이로 내부를 훔쳐보았다. 초록색 타일이 반짝거리면서 빛이 났다.

"저기요?"

새하얀 욕조 바로 앞에 있는 의자에 누군가 등을 돌리고 앉아 있었다. 보이는 것은 머리카락이 듬성듬성한 정수리와 뒤통수뿐이었다. 정혜 누나가 조심스럽게 의자를 향해 걸어갔다. 그리고 의자를 살짝 붙잡고 돌렸다. 정혜 누나는 의자에 앉은 남자를 보자마자 날카로운 비명을 내질렀다.

성훈은 문에 몸을 바짝 붙이고 최대한 안쪽을 자세히 보려 노력했다. 하지만 대충 멀리서 봐도 의자 위에 앉아 있는 남자는 이미 죽은 상태임이 확실했다. 이마에는 거대한 상처가 있었고 그곳에서 흘러나온 피가 검게 굳어 있었다. 초점이 없는 양쪽 눈은 멍하니 천장을 바라보고 있었고 살짝 벌어진 입 사이로 작은 벌레 몇 마리가 들어갔다 나왔다 하는 것이 보였다. 성훈은 토기가 나오려는 것을 간신히 참았다. 하지만 결국엔 시선을 돌릴 수밖에 없었다.

"뭐야, 씨발."

"죽은 지 꽤 된 것 같은데."

인수 형이 의자를 조심스럽게 발로 살짝 건드리자 죽은 남자의 몸이 서서히 의자에서 미끄러지더니 화장실 바닥에 철푸덕하는 소리와 함께 엎어졌다. 남자의 등에는 칼로 수차례 찔린 흔적이 남아 있었다. 정혜 누나와 인수 형은 서로 시선을 교환했다. 둘 다 도대체 무슨 일이 벌어지고 있는 것인지 조금도 파악이 되지 않았다.

"욕조, 욕조 봐 봐요."

다급한 성훈의 말에 정혜 누나와 인수 형은 남자의 몸을 발로 밀어낸 다음 물이 서서히 흘러넘쳐 나오고 있는 욕조로 다가갔다.

"뭐야, 이거? 테이프야?"

"밑에 누가 있어."

두 사람이 서서히 욕조로 다가가자 성훈은 다시 고개를 쭉 빼고 안을 들여다보았다. 자세히 보니 욕조 위에는 노란 테이프가 붙어 있는 상태였다. 욕조 안에서는 새까맣고 기다란 머리카락이 물 위에 흩날리고 있었다. 정혜 누나가 중앙에 길게 붙은 테이프를 떼어 내자 하얀 팔이 물 위로 둥실 떠올랐다. 성훈은 그것이 누구의 팔인지 한눈에 알아보았다.

"미나 님!"

성훈은 경악에 차 소리를 질렀다. 인수 형이 욕조 안으로 팔을 집어넣고 미나 님을 붙잡았다. 살짝 분홍빛을 띠는 물이 욕조에서 뿜어져 나오더니 목이 깊이 베인 미나 님의 상반신이 튀어나왔다. 너무나 깊게 베여서 거의 고장이 난 인형처럼 미나 님의 고개가 꺾였다. 인수 형은 쥐면 부서질 물건을 운반하듯 조심스럽게 미나 님의 몸을 껴안았다. 정혜 누나도 완전히 패닉에 빠진 상태로 인수 형을 돕기 위해 욕조로 다가갔다.

여전히 문 뒤에 숨어 있는 성훈은 미나 님과 완전히 당황한 두 사람의 모습을 보고 도와야 한다는 생각을 했지만 도무지 움직일 수 없었다. 다만 바닥에 엎드린 남자의 시체에 시선을 고정하고 발에 못질을 한 듯 꼼짝없이 서 있을 뿐이었다. 자신이 태어나서 처음으로 보는 시체였다. 옆얼굴로 보이는 남자의 눈은 손질되어서 전시된 생선을 연상시켰다. 등에 즐비한 상처만 아니었다면 그냥 눈을 뜬 상태로 잠을 자고 있는 것이라고 착각할 정도였다. 성훈은 자신도 모르게 슬금슬금 뒷걸음질을 쳤다.

"성훈아, 가만있지 말고 빨리 이리 와!"

정혜 누나가 소리를 질렀다. 마치 번개같이 내려치는 목소리에 화들짝 놀란 성훈은 화장실 안으로 들어가기 위해 몸으로 문을 밀었다. 하지만 그 순간 새빨간 팔이 자신의 뒤에서 나타나더니 문손잡이를 다시 잡아당겼고, 빠른 손짓으로 문고리에 열쇠를 꽂고는 문을 잠갔다. 철컥, 하는 소리와 함께 뜨거운 숨결이 성훈의 목에 닿았다. 성훈은 천천히 몸을 돌려 자신의 뒤에 있는 존재를 마주했다.

아주 새빨간 얼굴을 한 여자가 성훈의 앞에 있었다. 성훈의 몸이 걷잡을 수 없이 떨리기 시작했다. 이미 익숙해진 줄 알았던 피 냄새가 다시 풍겨 왔다. 신선한 피와 검게 굳은 핏자국이 공존하는 여자의 얼굴은 감정을 알아볼 수가 없을 정도로 흉측했다. 여자의 손에 들려 있는 초록색 병에서는 맑은 액체가 흘러나오고 있었다.

"야."

여자가 입을 열자 말로 형언할 수 없는 구취가 새어 나왔다. 알코올과 썩은 고기가 섞인 듯한 냄새. 성훈은 숨을 참았다.

"미나 보러 왔어?"

"아…… 어……."

말이 제대로 나오질 않았다. 성훈은 그저 눈을 깜빡거리기만 했다.

"너무 어려 보이는데."

성훈은 숨을 가쁘게 쉬기 시작했다. 냄새가 입 안쪽으로 들어오자 구역질이 날 것만 같았다. 여자가 성훈을 위아래로 훑어보더니 말했다.

"너 몇 살이야?"

오줌이 흘러내리면서 성훈의 바지가 축축해졌다. 말이 나오지 않았다.

"질문을 하면 대답을 해."

"열…… 열다섯……."

"와, 진짜?"

여자가 입을 활짝 벌리면서 웃었다. 이빨은 피가 하나도 묻지 않아서 깨끗한 하얀색이었다.

"내가 재미있는 거 알려 줄까?"

여자가 손에 들고 있던 병을 벽에 부딪혔다. 유리 조각이 부서지면서 바닥에 흩어졌다. 여자가 병의 목 부분을 붙잡고 날카로운 끝을 치켜들었다. 성훈은 복도에 똑같은 초록색 병이 여러 개 나뒹굴고 있는 것을 보았다.

"영화 카르마 플레이라고, 알지?"

성훈은 아주 느릿하게 고개를 끄덕였다. 여자가 혀로 이빨을 훑었다.

"카르마 플레이에 나오는 주인공, 진화, 원래는 열다섯 살이라는 설정이었다?"

성훈의 눈에서 눈물이 흐르기 시작하자 여자가 혀를 찼다. 성훈은 자신이 여기서 죽고 말 것이라는 확신이 들었다. 여자가 성훈의 목 위에 날카로운 유리병의 끝부분을 올렸다.

"살려 주세요."

성훈이 애처로운 목소리로 말했다. 여자가 다른 손으로 성훈이 입고 있는 셔츠 목 부분의 단추를 조심스럽게 풀었다. 그리고 목 아래에 있는 십자가 아래 가로줄이 새겨진 모양의 상처를 유리병의 깨진 끝부분으로 조심스럽게 훑었다.

"아."

여자는 뭔가 깨달은 듯 나지막하게 웃음 섞인 탄성을 내뱉으며 상처를 빤히 쳐다보았다. 성훈은 눈을 꾹 감고 주먹을 쥐었다. 미나 님이 직접 새긴 상처였다. 일종의 표식. 이제 너는 우리와 함께한다는 의미라면서. 불로 달군 쇠칼이 피부를 갈라 피가 흘러도 고통스럽지 않았다. 그때는 가출을 하고 얼마 지나지 않은 때여서 몸의 모든 곳에 멍 자국과 아물지 않은 상처들이 가득 자리하고 있었다. 미나 님은 그런 흔적들을 보고는 성훈의 뺨을 조심스럽게, 아주 소중한 것을 만지듯이 쓰다듬었다. 가엾기도 하지, 그렇게 말씀하시면서.

그런 미나 님의 모습은 아름답다, 그 말 외에는 설명이 되지 않는 모습이었다. 도대체 미나 님은 어떻게 되셨을까. 혹시 본인 스스로를 희생하셨을까. 그렇다면 많이 고통스럽진 않으셨을까. 미나 님이 없다면 난 이제 어떻게 해야 하는 걸까. 이 여자는 도대체 왜 이곳에…….

여자가 뺨을 툭툭 쳤다. 성훈은 간신히 다시 눈을 떴지만 눈물 때문에 앞이 잘 보이지 않았다. 여자가 성훈의 가슴팍에 있는 화상 흉터를 손톱으로 긁었다.

"와……."

여자가 아무리 시간이 지나도 사라지지 않고 폭력의 흔적을 남긴 과거의 상흔들을 손가락으로 훑더니 툭 하고 한마디를 내뱉었다.

"아팠겠네."

그렇게 말하는 여자는 이제 웃고 있지 않았다. 눈동자도 깜빡이지 않았다. 숨을 쉬지도 않는 존재로 보였다.

"나가."

여자가 부드럽게 말했다.

성훈은 전속력으로 달려 나갔다. 하얀 모래가 신발 안으로 모조리 들어가고 있었지만 개의치 않았다. 몸에서 피 냄새가 나고 있었다. 속이 역겨웠다. 아무런 물건을 챙겨 오지 못한 것이 마음에 걸렸고, 자신의 등 뒤에서 문을 마구 두드리던 두 사람의 손짓이 여전히 떠올라 괴로웠다.

에필로그

한참을 달려 나가던 성훈은 자리에 멈춰 서서 숨을 골랐다. 더 이상 뛰는 것은 무리였다. 뒤를 돌아보자 새까만 하늘 아래 불에 훨훨 타고 있는 집의 모습이 보였다. 솟아오르는 검은 연기는 별 하나 없이 새까만 밤하늘에 가려져 보이지 않았다. 혹시나 하는 두려운 마음에 주변을 살폈지만, 주위는 물론이고 저 멀리 선명하게 보이는 밝은 불 사이에서도 여자의 모습은 그 어디에도 보이지 않았다.

자리에 주저앉은 성훈은 이제 자신이 어떻게 해야 할지, 어디로 가서 누구와 지내야 할지 생각했다. 물론 가족에게 다시 돌아갈 생각은 없었다. 절대로. 하지만 그렇다고 미나 님의 사람들에게 돌아갈 수도 없었다. 미나 님의 행방에 대해 곧이곧대로 말할 수도, 인수 형과 정혜 누나는 어떻게 되었냐고 물어본다면 그럴싸하게 거짓말을 할 자신도 없었다. 성훈은 머리를 부여잡고 바닥에 엎드렸다. 어떡하지. 어떡하지. 어떡하지.

성훈은 자신이 집을 나오기 전에 호기심을 이기지 못하고 물어본, 도대체 누구냐는 질문에 여자가 했던 대답을 떠올렸다.

"신."

여자는 성훈을 빤히 쳐다보며 그렇게 말했다. 그렇게 말하던 새빨간 여자의 얼굴이 도저히 머릿속에서 사라지지 않았다.

성훈은 고개를 들고 자리에서 일어난 다음, 얼굴을 닦았다. 그리고 불타오르는 집을 등지고 다시 왔던 길을 천천히 걸어가기 시작했다.

카르마 플레이

초판 1쇄 인쇄 2025년 11월 12일
초판 1쇄 발행 2025년 11월 12일

지은이 김종윤
편집 주자덕
윤문 및 교정 김미숙
발행인 주자덕
인쇄 미래피엔피
펴낸 곳 아프로스미디어
출판등록 제 2016-000073호
주소 서울특별시 성동구 금호로 173, 101동 904호
전화 02-6352-5133
팩스 02-6455-5891
홈페이지 www.aphrosmedia.com
전자우편 spitz70@aphrosmedia.com
ISBN 979-11-89770-67-9 (03810)

* 저작권법에 의해 보호를 받는 저작물이므로 무단전재와 무단복제를 금합니다.
* 투고는 언제든지 환영이니 이메일로 보내 주세요.
* 잘못 만들어진 책은 구입하신 곳에서 바꾸어 드립니다.
* 책값은 뒤표지에 있습니다.